www.tredition.de

manches scheint so als sei es nicht

aber nichts ist so wie es scheint

René Antoine Fayette

Die Luun

www.tredition.de

Verlag: tredition GmbH, Hamburg

ISBN:
978-3-7469-6214-6 (Paperback)
978-3-7469-6215-3 (Hardcover)

Bibliografische Information der Deutschen Nationalbibliothek:
Die Deutsche Nationalbibliothek verzeichnet diese Publikation in der Deutschen Nationalbibliografie; detaillierte bibliografische Daten sind im Internet über http://dnb.d-nb.de abrufbar.

verwendete Musik beim Schreiben: Silhouettes von Klaus Schulze

www.tredition.de

Inhaltsverzeichnis

Eine tiefgreifende Naturerfahrung..8
Historische Berichte seit 2400 Jahren.......................................12
Erdgeschichtliche Entwicklung..21
Meisterin im RNA-Editing...25
Anatomie des Luun-Körpers..28
Ernährung...39
Fortpflanzung...41
Planetare Betrachtungen...45
Luun und Mensch...48
Luun und Militär..51
Zukunftsausblicke...56

Eine tiefgreifende Naturerfahrung

„Manches scheint so als sei es nichts, aber nichts ist so wie es scheint." Treffender kann man die Luun nicht beschreiben, denn sie ist einerseits ein Nichts für unsere Augen, aber andererseits ein extrem fremdartiges Etwas, das durch das herbstliche Waldlaub raschelt, seltsame Pfeif- und Knackgeräusche von sich gibt und seit Jahrtausenden die Hirten, Jäger und Waldbauern fast um den Verstand brachte und auch heute noch bringen kann. Offiziell wird dieses Tier so gut wie nie erwähnt, während der Nazi-Zeit wurde sogar jede und jeder mit Gefängnisstrafen bedroht, wenn sie oder er irgend etwas über dieses gespenstische Tier zu berichten, zu dokumentieren oder zu belegen versuchte.

Denn nichts kann die Menschen so faszinieren wie fremde Lebensformen, die weitgehend unerkannt in der unmittelbaren Nachbarschaft leben. So wie die maritime Tiefsee sind auch unsere Wälder noch weitgehend unerforscht, obwohl behördliche Institutionen, seien es Ministerien, Schulen oder Forstämter uns zumindest mit den Staatsforsten eine beruhigende Normalität vorgaukeln. Schon im Kindergarten wird uns ja beigebracht, welche Tiere und Tierchen im deutschen Wald zu leben haben. Hirsche, Rehe, Wildschweine, Hasen, Dachse, Füchse und vieles mehr gibt es da zu erkunden, auch wenn die meisten Menschen diese Tiere kaum zu Gesicht bekommen werden, wegen der Verstädterung und des schwindenden Naturbezugs. Dazu kommen dann noch so unbeliebte Tierchen wie die Zecken, Waldameisen, Wespen, Hornissen, diverse Käfer wie der asiatische Laubholzbockkäfer und unzählige Vogelarten wie Kuckuck oder Eule. Aber wer von den Stadtmenschen kann denn heutzutage noch eine Eule im Wald aufspüren, geschweige denn eine Luun?

Auch die Menschen, die auf dem Land leben, sind nur selten im Holz unterwegs. Der Bauer interessiert sich nur nach einem Sturm für seinen Wald, weil die Bäume erst der übernächsten Generation etwas Gewinn bringen sollen. Forstarbeiter sind auch weitgehend mit dem Holz beschäftigt und haben für andere Dinge kein Auge und auch kaum die Zeit und Muße, sich mit der Tierwelt zu beschäftigen, die sich ja eh vor dem Krach und Lärm der Waldarbeiter auf und davon macht. Wanderer und

Radfahrer sind zumeist auch anderweitig abgelenkt, achten mehr auf den Weg und die Naturschönheiten. Sogar die gewissenhaften Pilzsammler oder Schwammerlsucher haben ihren Blick fast nur auf die kulinarische Beute fokussiert, trampeln geräuschvoll durchs Dickicht, diskutieren lautstark über ihre Funde mit der korbbeladenen Gattin, blicken aber so gut wie nie in die Baumwipfel.

Lediglich der Jäger und die Jägerin machen das schon eher anders und raffinierter, denn durch das stundenlange Herumsitzen auf dem Ansitz ist die Naturerfahrung tiefgreifender, da können schon ab und zu Beobachtungen hervortreten, die am Verstand zweifeln lassen. Denn die Jägerin und der Jäger sitzen still und getarnt im Wald, da kann die Luun schon manchmal den Menschen übersehen und sich unbeobachtet fühlen. Aber darüber wird dann selten gemunkelt, besser gar nicht geredet, denn es würde bei den Mitmenschen nur Argwohn, Angst oder Misstrauen erzeugen. Also behält man seine optischen Erfahrungen zumeist lieber für sich und nimmt zur Ruhigstellung und zum Aufwärmen noch einen weiteren Schluck aus dem Flachmann.

Seit der Erfindung der Fotografie kam es zu seltsamen Entgleisungen im Wald, nicht nur bei den erotischen Aufnahmen manch nackter Frauengestalten tanzend zwischen Tannenzweigen auf moosigem Waldgrund. Manche Jäger machten Fotos in den Wäldern, die aber so gut wie nichts Aufregendes zeigten, denn es waren auf den Bildern immer nur Natur, Wald, Bäume und Gebüsch zu sehen. Diese Jäger konnten zwar mündlich seltsame Erscheinungen berichten, aber auf ihren Fotos war einfach nichts Aufregendes zu sehen.

Gerade durch die Einführung der digitalen Baumkameras, die für wenig Geld gekauft und überall im Wald an die Bäume gebunden werden können, hat sich der Sachverhalt nun drastisch verändert. Denn es werden nicht nur Einzelbilder, sondern auch Filmsequenzen festgehalten. Und da bewegt sich etwas, obwohl eigentlich nichts zu sehen ist. Denn es ist nur ein Flirren, ein Vibrieren von Bildteilen in der Luft zu sehen. Mit geübtem Auge ist in der Filmsequenz sofort ein Wesen erkennbar, dass sich bestens an die Umgebungs- und Hintergrundfarben getarnt langsam fortbewegt.

Die Luun ist seit vielen Jahrzehnten im Bewusstsein mancher Jäger und Bauern angekommen, auch wenn viele die Realität noch nicht wahrhaben wollen. Da wird dann immer noch eifrigst zur Waffe gegriffen, egal ob Biber, Wolf, Luchs oder Luun, und hemmungslos drauf los geballert.

Biber, Luchs und Wolf sind bekanntermaßen Säugetiere, deren Leichen können auch nach einigen Wochen noch identifiziert werden. Eine tote Luun hingegen verwest rasend schnell. Schon nach drei Wochen kann so ein erschossenes Tier nicht mehr zweifelsfrei identifiziert werden, geschweige denn vielleicht überhaupt festgestellt werden. Hier versagen die üblichen Vorgehensweisen und die Beweiskraft geht dann gegen Null. Da die tote Luun anatomisch keine Knochen oder sonstige Hartteile enthält, wird das ganze Tier rasend schnell von den allgegenwärtigen Waldpilzen durchdrungen und zersetzt. Die Jäger wissen das und die Polizei inzwischen auch. Jagdfrevel kann deshalb fast nie nachgewiesen werden.

Aber die Luun ist so gut wie unausrottbar. Sowohl durch ihre Tarneigenschaften als auch durch die hohe Intelligenz lebt sie schon seit Jahrmillionen gut versteckt und fast unsichtbar in unseren Wäldern und so wird es wohl auch weiterhin bleiben. Die Luun hat sich in Bayern trotzdem in die Waldgebiete zurückgezogen, die nur schwer bejagt werden können oder sogar streng geschützt vor der Jagd sind, aber das hat andere Gründe.

In der Praxis ist die Luun aber so gut wie nie sichtbar. Sie hält sich überwiegend in den Baumwipfeln auf, ist durch ihre Mimese kaum sichtbar und außerdem extrem scheu. Da sich die Luun in entlegene Waldgebiete zurückgezogen hat, ist es sogar für Jägerinnen und Jäger, die sich auf die Lauer legen, fast unmöglich, heimlich eine Luun zu beobachten, geschweige denn sie zu schießen.

Jedoch kann es vorkommen, dass eine verletzte oder tote Luun auf dem Waldboden liegt. Neugierige Menschen oder Hunde, meist Jagdhunde, gehen dann ahnungslos zu diesem verletzten, kranken oder toten Körper, ohne ausreichend Sicherheitsabstand zu halten.

Es gibt vereinzelte Berichte über schwere Erkrankungen, zum Teil mit Todesfolge sowohl bei Menschen wie auch bei Hunden nach solchen Begegnungen, die aber wissenschaftlich noch nicht gänzlich erforscht und nachgewiesen sind. Denn die Haut der Luun enthält in den optischen Loben promazeutische Nekronillen, die bei Berührung das Nervengift Jawieschock in winzigen Mengen von nur wenigen hundert Molekülen absondern können. Dieses Nervengift ist die eigentliche Urform des russischen Nervenkampfstoffes Nowitschok, der aus dem natürlichen Jawieschock der Luun entwickelt wurde.

Mit ihren bis zu zwei Meter langen acht Armen kann eine Luun auch wie mit einer Peitsche plötzlich zuschlagen, wenn sie sich in höchster Not bedroht sieht und erzeugt hierbei den unerwünschten und hochgefährlichen Körperkontakt.

Machen Sie aus gebührendem Abstand vielleicht ein paar Fotos oder Filmaufnahmen als Nachweis. In 90 Prozent aller gemeldeten Fälle konnten aber später weder Jäger noch Polizei am vermeintlichen Fundort irgendwelche Körper oder sonstige Spuren vorfinden, denn die vermeintlich tote Luun war fast immer eine lebende Luun, die plötzlich spurlos verschwand. Aber dazu kommen in den nachfolgenden Kapiteln einige Erläuterungen.

Ein Tipp vorab und vorsorglich für den Fall der Fälle, auch wenn dieser wohl so gut wie nie eintreten wird:

Berühren Sie nie eine lebende oder tote Luun!

Halten Sie auch Kinder und Hunde fern und fummeln Sie auch nie mit einem Stock an der vermeintlich toten Luun herum.

Historische Berichte seit 2400 Jahren

Bereits Aristoteles hatte im 4. Jahrhundert v. Chr. in seiner *Historia animalium* über die *Polypos* berichtet. Denn in den damaligen, noch nicht abgeholzten Eichen- und Buchenwäldern am Mittelmeer machten Hirten bereits die ersten Erfahrungen mit chamäleonhaften Wesen im Wald, die mangels direkter Sichtbarkeit von den Griechen, Kelten und Römern als von den Göttern gesandte Walddämonen bezeichnet wurden.

Gaius Plinius Secundus Maior, der auch als Plinius der Ältere bezeichnet wird, lebte von 23 bis 79 n. Chr. und war ein römischer Gelehrter, Offizier und Verwaltungsbeamter. Er starb mit 55 beim großen Vesuv-Ausbruch. Sein Meisterwerk, die *Naturalis historia* als älteste vollständig überlieferte systematische Enzyklopädie, erlangte besondere Bedeutung.

„Quis similis est spiritus in arboribus? Animalis speculum!" (Wer ist wie der Wind in den Bäumen? Das Spiegelwesen!), erzählten laut Plinius der Ältere die keltischen Stämme nördlich der Alpen. Sie verschossen Unmengen an Pfeilen, bis ein Klumpen aus vermeintlichem Schleim am Baum hing und hilflos zuckte. Plinius der Ältere bezeichnete diese seltsamen Wesen damals schon als *Lunnus*, denn so haben die Kelten dieses Spiegelwesen, das angeblich in ihren unheimlichen Wäldern leben soll, so bezeichnet.

Auch im Nibelungenlied wird die Luun erwähnt:

Er sprach: ich kvme noch heint ze der kemenaten sin
also tovgenliche in der tarnkapp min
daz sich der luun mach nieman wol versten
so lat die kamerere zuo den herbergen gen.
So lesche ich den kinden div lieht an der hant
daz ich si darinne si iv dabi bechant
daz ich iv gerne diene ich twing iv daz wip
daz ir si heint minnet oder ich verlivse den lip.
An daz dv iht trovtest sprach der kvnich do
mine lieben vrowen anders bin ich vro

so tuo ir swaz dv wellest vnde nemest ir den luun
daz sold ich wol derkiesen so iht ir vngehevrez tuon.

Im Althochdeutschen wird noch von *dem* Luun, also männlich gesprochen, später aber im 18. und 19. Jahrhundert wandelte sich das Geschlecht hin zum Weiblichen. *Die* Eule, *die* Wachtel, *die* Taube, *die* Luun. Vermutlich wurde damals dieses Wesen den Vögeln gleichwertig gesetzt. Oder weil es kein Konkurrent für den Jäger war, wurde dieses Tier wohl verweiblicht, im Gegensatz zum *der* Luchs, *der* Wolf, *der* Reiher, *der* Kormoran und *der* Biber, die den Jägern und Bauern wohl etwas in die Quere kamen und auch heute noch kommen und deshalb eine männliche Bezeichnung erhielten.

Von Prof. Dr. Dominique Guérot aus Lyon konnten in der französischen Literatur des 15. bis 17. Jahrhunderts versteckte Textspuren der Luun festgestellt werden, die sie in ihrem Buch *Fantômes de conte de fées* 2009 veröffentlichte. Auch wenn diese Spuren eigentlich schon sehr verschlüsselt sein mögen, eine Eigenheit der damaligen Zeit, um beim Adel und Klerus nicht verdächtig aufzufallen, so sind diese Hinweise doch sehr speziell und aufschlussreich. Besonders amüsant sind die Novellen *Histoires ou Contes du temps passé, avec des moralités* (1695) und *Contes de ma Mère l'Oye* (1697) von Charles Perrault, wo ein gewisses Rotkäppchen (Le Petit Chaperon rouge) mit einer Luun Bekanntschaft macht. Über die Gebrüder Grimm und später Ludwig Bechstein kam dieses Märchen dann in die deutschen Stuben, natürlich wurde die Luun dann durch einen bösen Wolf ersetzt, denn das wirkte bei der deutschen Leserschaft besser.

René-Antoine Ferchault de Réaumur, ein berühmter französischer Natur- und Materialforscher hatte bereits in seinem Werk *Observations sur la végétation du nostoch* (1722) über fremdartige achtarmige Baumwesen berichtet, die nach heftigen Stürmen auf dem Waldboden lagen und sich schnell zersetzten.

Die Luun ist aus der Gattung der vermeintlich ausgestorbenen Belemniten (Belemnoidea), eine Untergruppe der Cephalopoda. Der Name *Cephalopoda* wurde von Georges Léopold Chrétien Frédéric Dagobert, Baron de Cuvier 1797 eingeführt und ersetzte die ältere, von antiken Autoren wie Aristoteles und Plinius der Ältere überlieferte Bezeichnung *Polypos*. Zwischenzeitlich hatte sich im mitteleuropäischen Raum aber auch die keltische Bezeichnung *Luun* für diese Belemnitenart parallel durchgesetzt, insbesondere bei den Schäfern und Weidebauern im Bayerischen Wald, in Böhmen und in der Hohen Tatra in der Slowakei. Im Allgäuer Alpenraum hatte sich dagegen der Begriff *das Druunle*, vermutlich ein Wort aus dem Alt-Alemannischen für Baumgespenster, gehalten.

1942 wurden von der Gestapo und dem SD alle Fotografien sowie deren Negative von seltsamen Erscheinungen in den deutschen Wäldern schonungslos eingesammelt. Unter Androhung von Zuchthaus wurden reichsweit sämtliche Film- und Bildmaterialien von seltsamen Walderscheinungen beschlagnahmt, eingezogen und gründlich archiviert. Die betroffenen Bauern, Jäger oder sonstigen Privatleute wurden massiv bedroht und schriftlich zum absoluten Stillschweigen verdonnert.

Ein Grund für diese seltsame Vorgehensweise ist wissenschaftlich bislang nicht belegbar, denn die meisten Unterlagen wurden entweder durch Kriegseinwirkungen im April 1945 in Berlin vernichtet oder von den Russen später beiseite geschafft. Lediglich aus den Tagebucheinträgen eines SS-Obersturmführers namens Karl Meyer, der 1969 in Argentinien verstarb, können Vermutungen getroffen werden. Er berichtete darin immerhin von einem streng geheimen Versuchslabor der SS in einem Wald nahe Karlsbad (heute Karlovy Vary, ein Kurort im Westen von Tschechien), das mit seltsamen und fast unsichtbaren Wesen experimentierte, neuartige Tarnanzüge erprobte und Versuche mit biologischen Galert-Beschichtungen auf Panzerstahl durchführte. Ziel sei immer die militärische Unsichtbarkeit gewesen, schrieb er. Als dann am 6. Mai 1945 die Russen in Karlsbad einmarschierten, sei das Versuchslabor in den unterirdischen Bunkeranlagen im Wald auf seinem Befehl hin gesprengt worden. Bei der Erschießung der Wissenschaftler habe er laut Tagebuch aktiv mitgewirkt. Sein angebliches Tagebuch wurde zwar 1975 auszugsweise in einer argentinischen Regionalzeitung auf Spanisch veröffentlicht, die Witwe samt Tagebuch ist aber seit dem argentinischen Militärputsch 1976 spurlos verschollen und die Regionalzeitung wurde zwei Jahre später geschlossen und das Archiv entsorgt.

Es gibt somit bis heute eigentlich keinen wissenschaftlich Nachweis, dass die Nazis wirklich mit der Luun experimentiert hätten. Es existieren lediglich schriftliche Nachweise über die Kenntnisse von der Luun. Denn als dann während des Zweiten Weltkriegs der Leiter des Reichssicherheitshauptamtes mit Schreiben vom 1. April 1942 das Anfertigen, den

Besitz oder das unter die Leute Bringen von Fotografien der Luun ab den 4. Juni unter Zuchthausstrafe stellte, wurden auch amerikanische Dienststellen des damaligen OSS (Office of Strategic Services), die Vorläuferorganisation der späteren CIA (Central Intelligence Agency) aufmerksam und recherchierten nach Kriegsende neugierig.

Am 30. April 1945, also nur wenige Tage vor der Kapitulation der deutschen Wehrmacht, leisteten noch verbohrte und engstirnige Wehrmachtssoldaten aus Linz einen sinnlosen Widerstand bei Wegscheid im Bayerischen Wald. Sie sollten den Vormarsch amerikanischer Truppen in Richtung der Alpen- und Donau-Reichsgaue (die Bezeichnungen Österreich oder Ostmark gab es zu dieser Zeit nicht mehr) stoppen, was ihnen aber nur einen Tag lang unter großen Verlusten gelang. Hinterher waren rund hundert amerikanische und deutsche Soldaten sinnlos gefallen und der Ort Wegscheid lag weitestgehend in Schutt und Asche.

Die Amerikaner erbeuteten aber drei vollbeladene deutsche LKW's im Ort, einen geheimen Archiv-Konvoi der Reichsbildstelle für Heimatforschung aus Nürnberg, welcher dort auf dem Weg zur 'Alpenfestung' zufällig wegen Treibstoffmangels liegen geblieben war. Unter den abertausenden Bildnegativen wurden rund fünfhundert Fotografien vom OSS sichergestellt, die zuerst als möglicherweise interessant eingestuft wurden und dann nach Kriegsende aber doch beinahe vernichtet worden wären. Erst durch das beherzte Eingreifen von OSS-Colonel Harold Morrison, privat ein passionierter Jäger aus Wisconsin, wurden diese Bildnegative und entwickelten Fotos als wertvoll erkannt und vor dem Verbrennen bewahrt.

Dann entstand eine Schweigepause von einigen Jahrzehnten.

1992 beim Abzug der amerikanischen Streitkräfte aus der McGraw-Kaserne im Münchner Süden im Stadtviertel Obergiesing kamen von den Amerikanern digitalisierte Unterlagen aus dem Archiv-Konvoi der ehemaligen Deutschen Reichsbildstelle für Heimatforschung versehentlich in die Hände des Münchner Polizeipräsidiums, das damals Teile der Kaserne als neue, zusätzliche Dienststelle übernahm. Diese digitalisierten Datenträger wurden aber nicht sofort als wertvoll betrachtet. Erst durch den persönlichen Einsatz der damaligen stellvertretenden Direktorin der Bayerischen Bildarchivstelle Dr. Christina von Gailer-Schluttenberg wurde die Bedeutung dieser alten Fotografien erkannt. Auf ihr Betreiben hin wurden die Fotos in Weihenstephan von Fachleuten untersucht und dann auf Weisung des Bayerischen Staatsministeriums des Inneren in Absprache mit den amerikanischen Streitkräften in Bayern vorsorglich für *streng geheim* erklärt und erst einmal wieder weggesperrt.

Aus unerklärlichen Gründen war aber dem Münchner Polizeipräsidium versehentlich eine Diskette abhanden gekommen. Digitale Kopien dieser Diskette geisterten unter der Hand jahrelang durch die oberbayerischen Jägerkreise, waren als Unikum zuerst nur milde belächelt worden, dann aber im Laufe der Jahre zunehmend ernst genommen worden. 1997 begann Professor Dr. Ludowig Kramer vom Campus Freising-Weihenstephan, selbst Inhaber eines Jagdscheins, endlich den ganzen Spuk wissenschaftlich aufzubereiten und akribisch zu erforschen. Durch seine Forschungsberichte hatte dies im Laufe der Jahre weltweit weitere Fachleute elektrisiert und weitere Forschungen aktiviert.

Prof. Dr. Lueken von der Charles Darwin University in Darwin, Australien vertritt die These, dass die Luun schon seit Jahrhunderten weltweit durch die britischen Seefahrer unbedacht verbreitet worden ist und deshalb schon viel länger in Australien ansässig sein müsste. Denn mehrere Aborigines aus der Gegend um Darwin hatten bereits 1897, nachdem ein Zyklon die Stadt erstmals zerstört hatte, den Behörden von den vielen halbtoten fremdartigen Luftwesen in den umliegenden Wäldern berichtet, die fast unsichtbar gewesen seien und sich wie Geister durch den Wald bewegt hätten. Diese Berichte sind dann auf Drängen der presbyterianischen Kirche und auch der anglikanischen Kirche vom National Archives of Australia über ein Jahrhundert unter Verschluss genommen worden und erst 2007 zufällig vom Studenten Brian Laugh entdeckt worden.

Brian Laugh von der Charles Darwin University in Darwin hatte ursprünglich an einer Doktorarbeit mit dem Thema *Der Missbrauch des kirchlichen Einflusses auf die gesellschaftspolitische Entwicklung der Jugenderziehung in Australien* gearbeitet. Aber nach seiner Entdeckung dieser geheimgehaltenen Aufzeichnungen über fremdartige „Luftwesen" wechselte er das Doktorthema und arbeitete mit dem neuen Thema *Der Missbrauch des kirchlichen Einflusses auf die biologische Forschung in Australien*. Nach Studiumabschluss baute er unter der Obhut von Prof. Dr. Lueken das australische Institute of Rediscovered Biological Entities (IRBE), das Institut für neuentdeckte biologische Entitäten auf.

Bereits 2017 wurde dem jungen Dr. Brian Laugh durch das britische Royal Institute of Camouflage and Deception der international begehrte Charles Darwin Preis für seine Verdienste bei der Erforschung der Krypsis (verhaltensbiologische Tarnung) in den nordaustralischen Wäldern verliehen.

Auch in Nordamerika, insbesondere in Kanada wurden dann im letzten Jahrzehnt eingehende Studien zur Luun begonnen. Bislang konnten von der Dalhousie University in Halifax in der Provinz Nova Scotia die ersten kanadischen Luun lebend gefangen und anatomisch untersucht werden. Fred Bezanson, Minister of Agriculture and Agri-Food hatte in seinem Rechenschaftsbericht darauf hingewiesen, dass vermutlich im letzten Jahrhundert deutsche Einwanderer versehentlich Eier dieses Wesen unbedacht in Kanada eingeführt hätten. Die Luun hätte sich nach 1949 kontinuierlich von den Provinzen Nova Scotia über New Brunswick und Quebec bis nach Ontario ausgebreitet. Obwohl das Klima dort in Kanada zeitweilig noch rauer als in den Alpen oder im Bayerischen Wald sei, hätte sich die Luun auch in diesem Kontinent ausgebreitet und würde sich noch weiter ausbreiten.

Jedoch tauchen bereits in den Mythen und Sagen der Mi'kmaw-Indianer auch achtarmige Nebelwesen, die in den Baumwipfeln der Bäume leben, auf und werden ursächlich auf die Ankunft von Leif Eriksson zurückgeführt. Wissenschaftlich ist dies zwar noch nicht ganz belegbar, aber es sind zumindest glaubhafte mündliche Überlieferungen der Mi'kmaw-Indianer nachweisbar und wissenschaftlich dokumentiert.

Die Unama'kik-Stammesgruppe mit dem Hauptdistrikt und Sitz des Mi'kmaw Grand Council bewohnt die als Wunama'kik (nebeliges Land) bezeichnete Cape Breton Island in Nova Scotia in Kanada. Der Keptinaq oder Sagamaw genannte Distrikt-Häuptling des Hauptdistriktes stellt in erblicher Folge traditionell den Kji' Saqamaw oder Grand Chief (den Großen Häuptling). Dieser hatte in einem Interview der Zeitung *The Chronicle Herald* vehement gegen die Behauptungen von Minister Fred Bezanson argumentiert. Denn die Luun seien nachweislich schon seit fast tausend Jahren den Mi'kmaw-Indianern im kanadischen Osten durch Leif Eriksson bekannt, einem Wikinger, der schon um 1000 n. Chr. fruchtbare Landbereiche auf dem nordamerikanischen Kontinent mit seinen Leuten besiedelte und Helluland (Steinplattenland), Markland (Waldland) und Vinland (Weinland) nannte. Er und die Luun werden ausführlich in den indianischen Mythen und Sagen der Mi'kmaw-Indianer erwähnt und manches ist inzwischen auch archäologisch abgesichert. Davon zeugen die 1978 zum UNESCO-Weltkulturerbe erklärten Reste einer skandinavischen Siedlung auf Neufundland bei L'Anse aux Meadows.

In dem mittelalterlichen Geschichts- und Geographiewerk *Gesta Hammaburgensis ecclesiae pontificum* (Geschichte des Erzbistums Hamburg) wird auch von der Luun berichtet. Diese sehr bedeutende Handschrift wurde vermutlich um 1070 bis 1076 von dem Bremer Domscholaster Adam von Bremen verfasst. Im vierten Teil *Descriptio insularum aquilonis* (Geographie des nördlichen Europa) wird auch über die Nebelwesen in Skandinavien, Grönland und Vinland(!) berichtet.

Langfristig muss wohl damit gerechnet werden, dass sich die Luun inzwischen weltweit ausgebreitet hat, zwar nur in den Wäldern der gemäßigten Zonen, aber das wird voraussichtlich alle fünf Kontinente betreffen.

Der Chef der Sicherheitspolizei
und des SD

Berlin, den 1. April 1942.

IV a 4 a   -   380/41

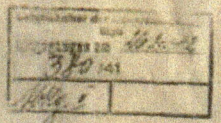

An

die   Befehlshaber der Sicherheitspolizei und des SD,

die   Inspekteure der Sicherheitspolizei und des SD,

den   Beauftragten des Chefs der Sicherheitspolizei
      und des SD, Dienststellen Paris und Brüssel,

die   Einsatzgruppe der Sicherheitspolizei und des SD
      in Belgrad,

die   Dienststelle der Sicherheitspolizei und des SD
      in Athen,

die   Einsatzgruppen A - D.

Betrifft: Die Luun in der Öffentlichkeit.
Bezug: Forschungsauftrag Luun von Reichsminister
           Rust.
Anlage: 24 Photographien.

        Im deutschen Einflußgebiet in Europa sind
sämtliche Film- und Bildmaterialien der Luun zu
beschlagnahmen und der streng geheimen Forschungs-
gruppe Luun im Reichsministerium für Wissenschaft,
Erziehung und Volksbildung zuzuführen.

Der private Besitz von Film- oder Bildmaterialien,
Skizzen, Zeichnungen und sonstigen Aufzeichnungen
der Luun wird ab dem 4. Juni 1942 strafbar und kann
mit Zuchthaus bis zu vier Jahren geahndet werden.

        Als Anlage übersende ich 24 Photographien
der Luun als Arbeitsmuster.

              gez. H E Y D R I C H

          Beglaubigt
          . . . .
          Kanzleiangestellte.

19

Erdgeschichtliche Entwicklung

Ursprünglich galten die Belemniten als ausgestorben. Die Belemniten (Belemnoidea) sind eine der größten Gruppen fossiler Kopffüßer (Cephalopoda). Sie existierten vom Unterkarbon (Mississippium) bis zum Ende der Kreidezeit, also vor etwa 358 bis vor 66 Mio. Jahren, so war die ursprüngliche Meinung der Wissenschaft bis vor einigen Jahrzehnten. Ihre fossil überlieferten Skelette werden auch *Donnerkeile* oder *Teufelsfinger* genannt. Die Belemniten entwickelten sich ähnlich wie die Ammoniten wahrscheinlich aus den Bactriten. Diese waren im Erdmittelalter sehr verbreitet und dienen heute den Forschern als Leitfossilien. Die alten Belemniten lebten ursprünglich nektisch in Schwärmen im Küstenbereich der Meere nahe unter der Wasseroberfläche.

Eine Abart hatte sich im Laufe der Erdgeschichte zu Weichtieren ohne Skelett weiter entwickelt, die nach neuesten Erkenntnissen seit vielen Millionen Jahren in den Wäldern hausen und sogar das Dinosaurier-Aussterben vor über 66 Millionen Jahren knapp überlebt hatten. Diese Belemnitenart ist den heutigen Kalmaren aber kaum ähnlich, hat auch statt zehn nur acht Fangarme und keinen Farbstoffbeutel, besitzt auch keine Saugnäpfe an den Fangarmen, sondern winzige Hakenhaare.

Das Innenskelett der Belemnitentiere bestand früher aus Proostrakum, Phragmokon und Rostrum. Das Proostrakum ist evolutionstheoretisch gesehen der Rest der Wohnkammer. Bei den ersten Belemnitenarten ist es noch fast geschlossen, bei den jüngeren Gruppen auf eine lange, stiftartige Struktur verkleinert. Im Laufe der Evolution wurde auch diese Struktur schließlich aufgelöst. Das Phragmokon hingegen ist der gekammerte, gasgefüllte Auftriebskörper wie bei den ursprünglicheren, außenschaligen Kopffüßern gewesen.

Anfang 1997 wurde auf der Schwäbischen Alb in der Schicht des Nusplinger Plattenkalks von Hobbygeologen des Staatlichen Museums für Naturkunde in Böblingen erstmals eine versteinerte Luun gefunden. Bei dem rund 40 Millionen Jahre alten Fossil handelt es sich vermutlich um ein Weibchen. Zuerst wurde das Fossil für einen Kalmar gehalten, dann für einen Belemniten, diese galten aber als schon längst vor 66 Millionen Jahren ausgestorben. Dann entdeckte man das Fehlen eines Rostrums.

Das Rostrum war früher der härtste Teil der Belemniten und war oft das einzige, was als Fossil erhalten blieb. So vollständige Funde, bei denen auch die Weichteile fossil konserviert wurden, sind bis heute extrem selten. Das Relikt auf der Schwäbischen Alb im Nusplinger Plattenkalk war jedoch zum Erstaunen der Geologen komplett skelettfrei und ohne dem üblichen Rostrum. Lange Zeit war deshalb unklar, zu welcher Tierart dieses Fossil gehörte. Erstaunlicherweise war dieses rund 40 Millionen Jahre alte Fossil auch kein Meeresbewohner, sondern lebte damals schon auf dem Lande. Das zeigen die fossilen Mageninhalte mit Resten von einem Erdhörnchen, von Vogeleierschalen, von Mäusen und Käferlarven.

Erdgeschichtlich hat sich die Luun mehr und mehr in ihre Ruhezonen zurückgezogen, die nur noch selten von Menschen durchstreift werden. Das sind in Deutschland in erster Linie der Bayerische Wald, aber auch Teile vom Harz und seltsamerweise auch die nordostdeutschen Flachlandgegenden in Mecklenburg-Vorpommern, vermutlich wegen der vielen Seen und des hohen Vogelaufkommens und der dünnen Besiedelung. Die Luun frisst zwar keine Vögel, aber sie ist ein gerissener Nesteierräuber.

Im Alpenraum gibt es zwar auch seltene Nachweise, jedoch mehr in den entlegenen Tälern im Allgäu, in Südtirol und in der Steiermark. Durch den Tourismus der Nachkriegszeit wurde der Lebensraum dieses extrem scheuen Wesens dort im Alpenraum leider stark dezimiert. Langfristig wird sich die Luun im deutschen Alpenraum wohl nicht mehr lange halten können, ähnlich wie das seltene vom Aussterben bedrohte Bayerische Löffelkraut. Die Artenvielfalt nimmt dort ab, Bäume sind durch den Klimawandel bedroht, auch der Lärm nimmt zu und scheucht diese wohl lärmempfindliche Luun mehr und mehr in höhere Lagen mit aber geringerem Futterangebot.

Weltweit ist aber die Luun weiterhin auf dem Vormarsch. Die Luun ist ein ausgezeichneter Beweis für die biologische Vielfalt und die Anpassungsfähigkeit vermeintlich ausgestorbener Tierarten, die seit rund 358 Millionen Jahren die Meere und später die Wälder bevölkern. Die Vorfahren der Luun konnten trotz mehrere Massenaussterben im Perm vor 252 Mio. Jahren, im Trias vor 201 Mio. Jahren, in der Kreidezeit vor 66 Mio. Jahren und im Eozän vor 25 Mio. Jahren sich anpassen, behaupten und immer wieder in der veränderten Natur Fuß fassen.

23

Meisterin im RNA-Editing

In der Luun geschieht das unter Tieren seltene RNA-Editing. Allein darüber könnte man ein dickes Fachbuch schreiben. Hier sind nur die gröbsten Einzelheiten dargelegt, auch wenn es nun sprachlich etwas fachwissenschaftlich zugehen wird.

RNA ist die Abkürzung für das englische Wort *ribonucleic acid*, die Ribonukleinsäure. Die RNA ist im Gegensatz zur DNA (*deoxyribonucleic acid*, auf deutsch *Desoxyribonukleinsäure*) nur einzelsträngig statt doppelsträngig. Die Hauptfunktion der RNA in der biologischen Zelle ist die Umsetzung von genetischer Information in Proteine.

Das RNA-Editing (deutsch: RNA-Editierung) ist als ein biochemischer Vorgang innerhalb bestimmter Zellen oder Zellorganellen stattfindender Prozess bekannt, der im Verlauf der Genexpression erst nach der Transkription und aber noch vor der Translation erfolgen kann. Das ist eine Modifizierung einzelner Nukleinbasen der Messenger-RNA, bei der die Nukleotid-Sequenz des Transkripts nicht mehr mit der ursprünglichen genomischen Nukleotid-Sequenz der DNA übereinstimmt. Die RNA-Edition stellt neben dem Splicing eine wichtige Form der post-transkriptionellen Modifikation (RNA-Prozessierung) dar und führt zur Vergrößerung der Diversität des Transkriptoms und somit zur wesentlich höheren Proteinvielfalt.

Grundsätzlich kennt man das Insertions-/Deletions-Editing, bei dem mehrere Nucleotide in die RNA eingefügt oder aus der RNA entfernt werden und das chemische Modifizieren einzelner Ribosen oder Nucleobasen, das Desaminieren von Adenosin zu Inosin oder die Konversion von Uridin zu Pseudouridin. Das Insertions-/Deletions-Editing kommt zumeist in Mitochondrien von Trypanosomen vor. Rund die Hälfte der Uracil-Nucleotide der mitochondriellen mRNAs (die messenger-RNA oder Boten-RNA kopiert die in einem Gen auf der DNA liegende Information und trägt sie zum Ribosom, wo mit Hilfe dieser Information die Proteinbiosynthese stattfinden kann) werden durch das Editosom in das primäre Transkript eingebaut.

Das RNA-Editing ist hingegen bei höheren Eukaryoten wie den Säugetieren fast ausschließlich eine chemische Modifikation von einzelnen Nucleotiden. Hier sorgen Komplexe aus Proteinen der Sorte snoRNP und snoRNA sowie die verwandten scaRNP für die Umwandlung von Uridin zu Pseudouridin und die 2'-OH-Methylierung von Ribosen, insbesondere in ribosomalen RNAs und snRNAs. Dieser als RNA-Modifikation bezeichnet Prozess ist aber relativ selten. Häufiger anzutreffen ist die direkte enzymatische Veränderung von Basen ohne die Hilfe von guide-RNAs bei den Säugetieren.

Vor allem Adenosin-Deaminasen deaminieren im Transkriptom eine große Anzahl von Adenosinresten zu Inosin und ändern somit tausende von Transkripten mit weitreichenden Folgen für Splicing, RNA-Stabilität und Translation. Störungen des RNA-Editing-Apparats führen beim Menschen vermutlich zur Amyotrophen Lateralsklerose (ALS) und zu bestimmten Formen von Epilepsie, Schizophrenie und anderen neuronalen Erkrankungen.

Bei der Luun hingegen führt dieses RNA-Editing zu einem gewebespezifischen C zu U editing (Deaminierung). Dabei entsteht in der edierten RNA ein Stopp-Codon. Die Folge ist eine Unterdrückung der Retrotransposition vor allem von Alu-Elementen und RNA- oder DNA-Viren mit genomischen RNA-Zwischenstufen. Dadurch wird die Diversität von Antikörpern über das RNA-Editing stark erhöht. Die Luun ist deshalb extrem geschützt gegen Viren und chemische Umweltverschmutzungen, denn bei der Eizellenbildung und den späteren Zellteilungen führen Virenerkrankungen oder chemische Umwelteinflüsse sofort zu automatischen RNA-Editing-Experimenten mit zumeist extrem gestörte Zellen.

Bereits bei der Eizellenbildung entstehende Fehlentwicklungen erzeugen ein sofortiges Deaktivieren, also Absterben. Je nach Viren- oder Umweltbelastung überleben deshalb statistisch von tausenden Eizellen nur drei, vier oder fünf, die aber dann richtig gesund und dauerhaft immun sind. RNA-Editing sorgt somit für eine beständige Fortentwicklung und Anpassung der Luun an die geänderten Umweltbedingungen und -gefahren.

Bei höheren Eukaryoten wie den Säugetieren versucht das biologische Gesamtsystem eine höhere Überlebenschance durch möglichst viele

Jungtiere oder leichte genetische Veränderungen als Anpassungsversuch an die Umweltveränderung.

Bei der Luun hingegen überlebt nur die unter hohem Ausschuss experimentell erzeugte genetische Elite den embryonalen Entwicklungs- und Geburtsprozess, ist dafür aber sofort voll angepasst und dauerhaft immun.

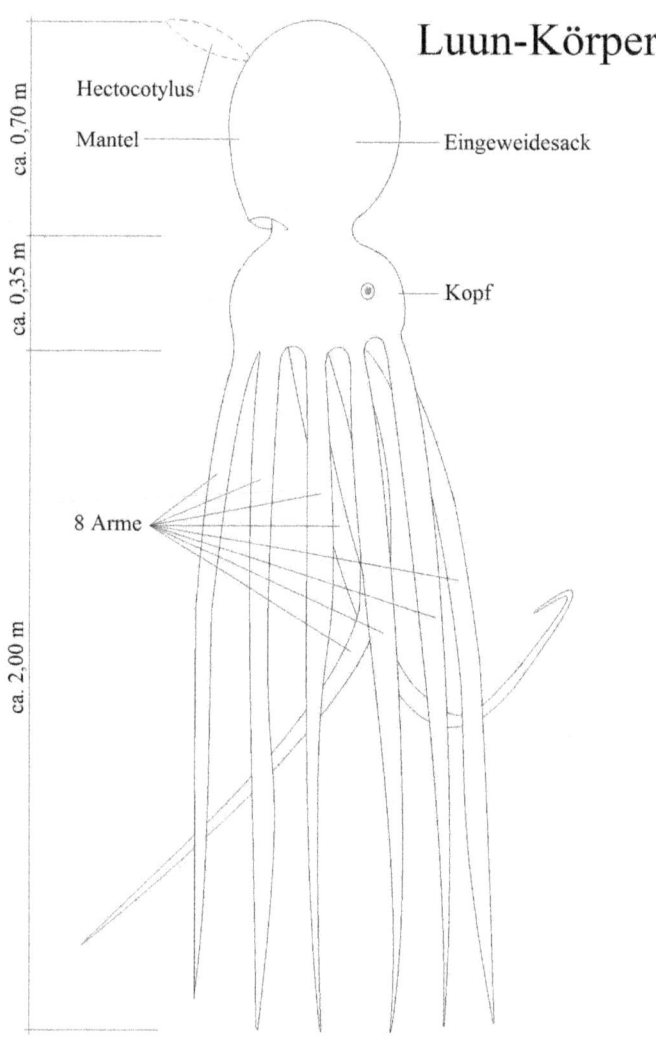

Luun-Körper

ca. 0,70 m

Hectocotylus

Mantel

Eingeweidesack

ca. 0,35 m

Kopf

8 Arme

ca. 2,00 m

Anatomie des Luun-Körpers

Die Luun gehört zur Klasse der Kopffüßer (Cephalopoda) und ist ein absolut wirbelloses Tier, denn sie hat, wie bereits erwähnt, kein Skelett, weder ein inneres noch ein äußeres. Als Weichtier kann die Luun eingeteilt werden in Kopf, Mantel, Eingeweidesack und Arme, wobei der Mantel den Eingeweidesack schützt.

Die Luun hat kein herkömmliches Gehirn, so wie wir es von den Säugetieren kennen. Das Nervensystem der Luun ist aber das leistungsfähigste sowohl unter den Weichtieren als auch unter den wirbellosen Tieren. Die 64 großen Nervenknoten, bestehend aus den Bukkalganglien und Cerebralganglien des Kopfes, den Pedalganglien der Arme, den Pleuralganglien und Parietalganglien des Mantelraums und die Visceralganglien des Eingeweidesacks, sind zu einer komplexen, aber dezentralen Knotenstruktur (*Universa gangliorium impares*) im gesamten Körper verschmolzen, die auch weitläufig als Gehirn bezeichnet werden könnte. Das Nervensystem der Luun zeichnet sich zudem durch Riesen-Axone aus, deren Übertragungsgeschwindigkeit an die Axone von Wirbeltieren heranreicht. Dadurch ist die Luun reaktionsschnell, intelligent und multitaskingfähig. Denn ihre acht Arme können sich relativ unabhängig voneinander selbstständig bewegen. Abgetrennte Arme können eine Zeitlang sogar wie ein selbstständiges Wesen noch agieren, obwohl es dem abgetrennten Arm weitgehend an eigener Input-Sensorik fehlt.

So ein großer Nervenknoten der komplexen Knotenstruktur (*Universa gangliorium impares)* beinhaltet sensorischen Sensillen (unterteilt in externe Sinnesorgane, Chordotonalorgane und multidendritische Neurone) sowie die Axone der Motoneurone und neuroendokrinen Zellen des periphere Nervensystem. Die optischen Loben (*Lobus opticus*) der Luunhaut, aufgegliedert in Lamina, Medulla und Lobula, sind mit dem rostralen Teil des großen Nervenknoten verbunden.

Die besondere Bedeutung des Nervensystems der Luun für die neurowissenschaftliche Forschung liegt darin, dass es als komplett neuartiges und fremdartiges Modellsystem für neurogenetische Untersuchungen Verwendung findet.

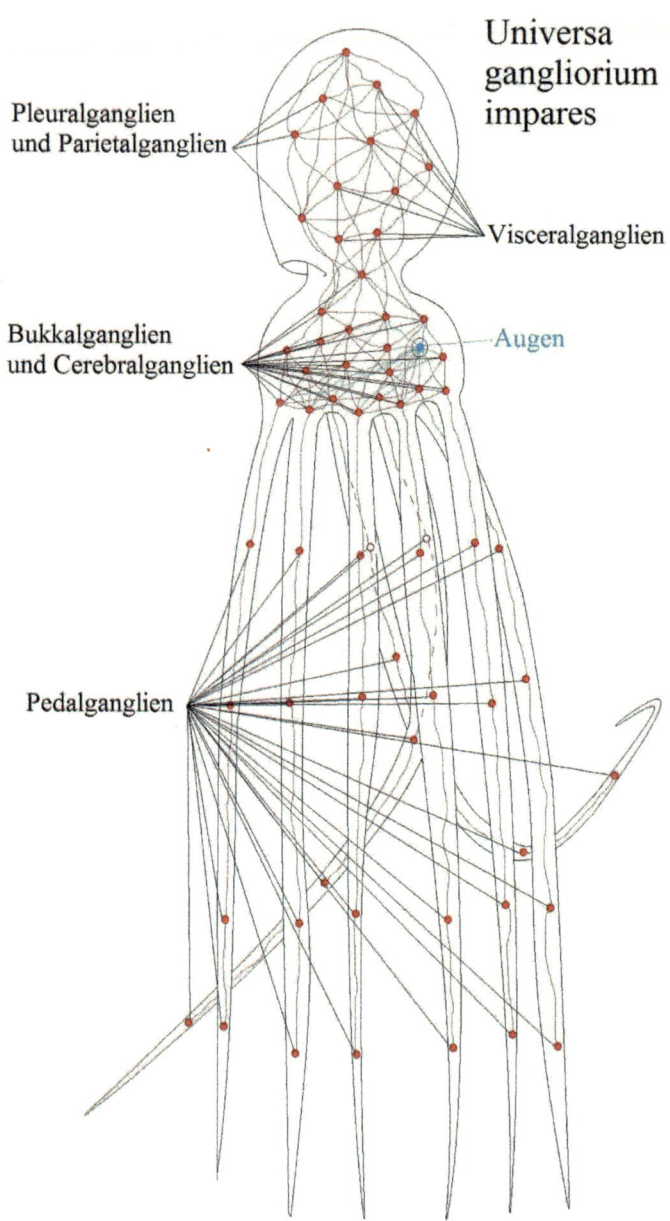

Universa
gangliorium
impares

Pleuralganglien
und Parietalganglien

Visceralganglien

Bukkalganglien
und Cerebralganglien

Augen

Pedalganglien

28

Die Entwicklung des Nervensystems ist bei der Luun inzwischen gut untersucht. Im ersten Schritt der Luun-Neurogenese erhalten selektive Bezirke des embryonalen Ektoderms durch die Expression von proneuralen Genen die Möglichkeit, sich zu Neuronen zu entwickeln. In einem zweiten Schritt entstehen aus diesem Neuroektoderm unter der Einwirkung der neurogenen Gene die einzelnen Stammzellen der Neurone und der Glia. Dann bestimmen neuronenspezifische Gene die Differenzierung dieser Zellen.

Die allermeisten Nervenzellen im Nervenknoten entstehen in stereotyper Weise durch asymmetrische Zellteilungen aus diesen großen Stammzellen, als Neuroblasten bezeichnet. Dabei entsteht bei der Zellteilung eines Neuroblasten eine Ganglienmutterzelle, die sich symmetrisch teilt und hierbei zwei postmitotische Nervenzellen erzeugt.

Etwa 900 Neuroblasten erzeugen die Nervenzellen der Segmentalganglienkette und etwa 180 Neuroblasten erzeugen die Nervenzellen des Nervenknotens. Wird dann die proliferative Aktivität der Neuroblasten während der nachfolgenden Embryoentwicklung fortgesetzt, kommt es zur Bildung von undifferenten Nervenzellen (besonders in den optischen Loben der oberen Hautschichten) verbunden mit einer Fusionierung von Nervenknoten und Segmentalganglien.

Nach dem Schlüpfen aus dem Ei kommt es zu drastischen Umwandlungen im Nervensystem durch die Ausdifferenzierung von einer Vielzahl von Nervenzellen. Ursache ist der vermehrte Sauerstoffgehalt der Außenwelt, verbunden mit der hohen Lichteinwirkung auf die optische Loben der Haut, was zu einer markanten Vergrößerung der Nervenknoten und besonders der optischen Loben, der Antennalloben und der Pilzkörper führt (Pilzkörper sind integrative Strukturen im Nervenknoten, die sowohl der Verarbeitung von olfaktorischen Informationen dienen als auch Sitz des Sexualverhaltens sind). Im ventralen Nervenstrang findet hierbei eine Regression der abdominalen Ganglien statt. Die sensorischen Sensillen des peripheren Nervensystems entstehen dabei weitgehend neu und führen zu einer Expansion der thorakalen Ganglien.

Diese Neurogenese, die diese Bildung der metameren Ganglien des ventralen Nervensystems steuert, erzeugt weitere Regionalisierungsvorgänge, die durch zwei Kontrollgene, deren Produkte selektiv in der Kopfregion exprimiert werden, ausgesteuert werden. Diese zwei Homöobox-Gene (*empty-spiracles* und *orthodenticle*) wirken sowohl als homöotische Selektor-Gene als auch als anteriore gap-Gene. Dieser Vorgang hat übrigens zur derzeit heiß diskutierten Hypothese der monophyletischen Entstehung der Gehirne von Arthropoden und Wirbeltieren stark beigetragen.

Nach erfolgter Neurogenese erfolgt die Axogenese, die erzeugten Nervenzellen müssen also Axone ausbilden, die beim Auswachsen eine selektive Wegfindung und Zielerkennung durchführen müssen. Hierbei spielen Substratadhäsionsmoleküle wie Tenascin, Zelladhäsionsmoleküle wie Cadherin und fast alle Mitglieder der Immunglobulin-Gen-Superfamilie eine wichtige Rolle. Die genetische Analyse dieses Vorgangs bei der Luun zeigt, dass eine Vielfalt von molekularen Mechanismen beteiligt ist. Die Funktion von Tenascin, Cadherinen sowie von zellengebundenen diffusiblen Attraktantien und Repellentien wie den Netrinen sind bei der Luun durch hochkomplexe Mutantenanalysen aufwendig untersucht worden.

Neben der genetischen Analyse der neuronalen Entwicklung gibt es auch neurogenetischen Untersuchungen, die bei der Verhaltensanalyse der Luun durchgeführt wurden. So sind mit Mutantenanalysen viele der Luun-Gene, die das Sexualverhalten steuern, entdeckt worden. Einige dieser Gene werden geschlechtsspezifisch in den Pilzkörpern des Pseudogehirns exprimiert. Wie bereits erwähnt, sind die Pilzkörper integrative Strukturen in der Nervenknotenstruktur (*Universa gangliorium impares*), die sowohl der Verarbeitung von olfaktorischer Information (Geruch) dienen als auch definitiv der Sitz für zahlreiche Aspekte des Sexualverhaltens (Endorphine und Benzoylecgoninmethylester) sind.

Ähnlich wie bei den Wirbeltieren sind bei der Luun Linsenaugen entstanden. Vergleicht man jedoch den Feinbau des Luun-Auges mit dem eines Wirbeltier-Auges, erkennt man manche Gemeinsamkeiten aber auch manche Unterschiede. Beide Augenarten haben eine lichtempfindliche Schicht aus Sinneszellen am Augenhintergrund - die Netzhaut oder Retina. Während aber bei den Wirbeltieren die Sinneszellen dem Lichteinfall abgewandt sind, das Licht also zuerst mehrere Zellschichten durchdringen muss, bevor es zu den Lichtsinneszellen gelangt, sind die Lichtsinneszellen der Retina der Luun dem Lichteinfall zugewandt. Man bezeichnet daher das Auge einer Luun als evers und das Auge eines Wirbeltiers als invers.

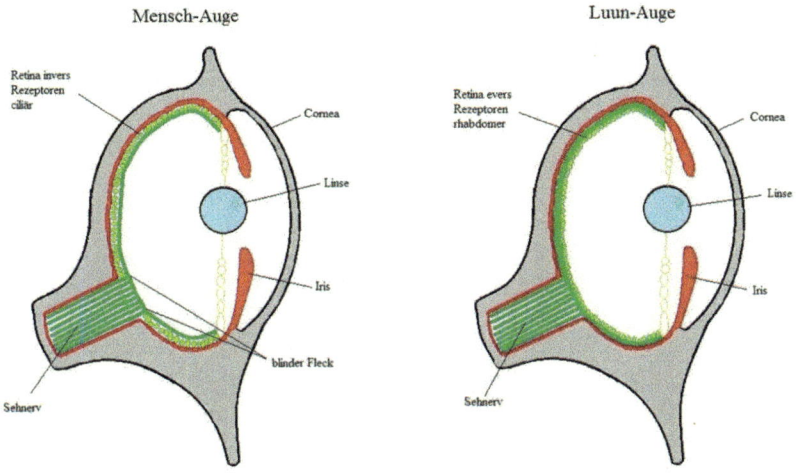

Ursache für diese unterschiedliche Ausrichtung der Retina ist die unterschiedliche Entwicklung im Embryonalzustand. Das Auge einer Luun entsteht ontogenetisch durch die Einfaltung der embryonalen Außenhaut. Anschließend wird dieser ektodermale Augenbecher vom entodermalen Gehirn mit Nerven versorgt. Die Sinneszellen zeigen daher nach außen. Im Gegensatz zum inversen Auge der Wirbeltiere hat das everse Auge der Luun deshalb auch keinen blinden Fleck.

Beim Wirbeltierauge hingegen entsteht erst eine Ausstülpung des Zwischengehirns. Hierbei entsteht der Augenbecher sowie der Sehnerv entodermal, anschließend weisen die Sinneszellen nach innen, da zunächst Gewebe vom Gehirn ausgestülpt wird und anschließend zum Augenbecher in Richtung des Körperinneren eingestülpt wird.

Mit den Linsenmuskel erfolgt das Scharfstellen des Bildes. Während aber bei den Wirbeltieren mit dem Linsenmuskel die Linse verformt wird, dient bei der Luun der Linsenmuskel dazu, die Linse vor und zurück zu bewegen. Mit diesen Linsenaugen ist die Luun imstande, wie der Mensch genauso farbig und scharf zu sehen. Dies stellt ein klassisches Beispiel für konvergente Evolution dar.

31

Die Luun besitzt acht Lungen und wird daher als Achtatmer (Octobranchiata) im Gegensatz zu den Zweiatmern (Dibranchiata) bezeichnet. Die Lungen sind in den acht Armen integriert und haben zudem noch acht Nebenherzen neben dem Hauptherz, das im Eingeweidesack sitzt. Die Lungen der Luun sind ähnlich aufgebaut wie bei den Wirbeltieren.

Die Lungen sind die einzigen Organe, deren Funktionsfähigkeit, solange der Fötus noch im Ei ist, nicht überlebensnotwendig sind. Erst nach dem Schlüpfen übernehmen sie ihre hauptsächliche Funktion.

Die Entwicklung der Lungen beginnt etwa am 15. Embryonen-Tag mit der Ausbildung der acht Lungenknospen aus dem kopfseitigen Teil der Arme. Wie bei diesen ist das Epithel, das die Lungen und ihre luftleitenden Apparate (Atmungsschlitze, Luftröhren, Bronchien) auskleidet, entodermalen Ursprungs.

Diese Lungenknospen teilen sich dann weiter in Verzweigungen, die späteren Lungenlappen (lobus pulmonis) in den Armen. Ab der vierten Woche wird der gesamte gasleitende Teil der acht Lungen angelegt, das sind weitere Verzweigungen der Bronchien bis hin zu den Bronchioli terminales. Anfangs sind diese nur von hochprismatischem Epithel ausgekleidet, ab der sechsten Woche finden sich jedoch erste Flimmerepithelzellen.

Ähnlich wie bei den Wirbeltieren bilden sich aus den Enden der Bronchioli terminales die Canaliculi, aus denen das Lungenparenchym entsteht. Eine für das Lungenparenchym typische Zellsorte sind Pneumozyten Typ I, die Kapillaren bilden sich im entstehenden Lungenparenchym. Die Wand der Kapillaren und die Membran der Pneumozyten Typ I bilden die Luft-Blut-Schranke. Im Gegensatz zu den Wirbeltieren entwickeln sich bei den Lungen der Luun jedoch keine Pneumozyten Typ II.

Wenige Tage vor dem Schlüpfen bilden sich die Canaliculi zu weiteren Verzweigungen um, die als Sacculi blind enden. Die Wände dieser Verzweigungen des Lungenparenchyms sind mit Pneumozyten vom Typ I ausgekleidet und bilden sich dann zu den halbkugeligen Alveoli aus, ähnlich wie bei den Wirbeltieren. Die von Parenchym bedeckte Oberfläche wird dadurch erheblich vergrößert, denn die Wände der Alveoli sind die Luft-Blut-Schranke. Eine geschlüpfte Luun hat anfangs weit weniger Alveoli als eine ausgewachsene Luun. Die Bildung der Alveoli wird aber etwa nach einem Jahr endgültig abgeschlossen.

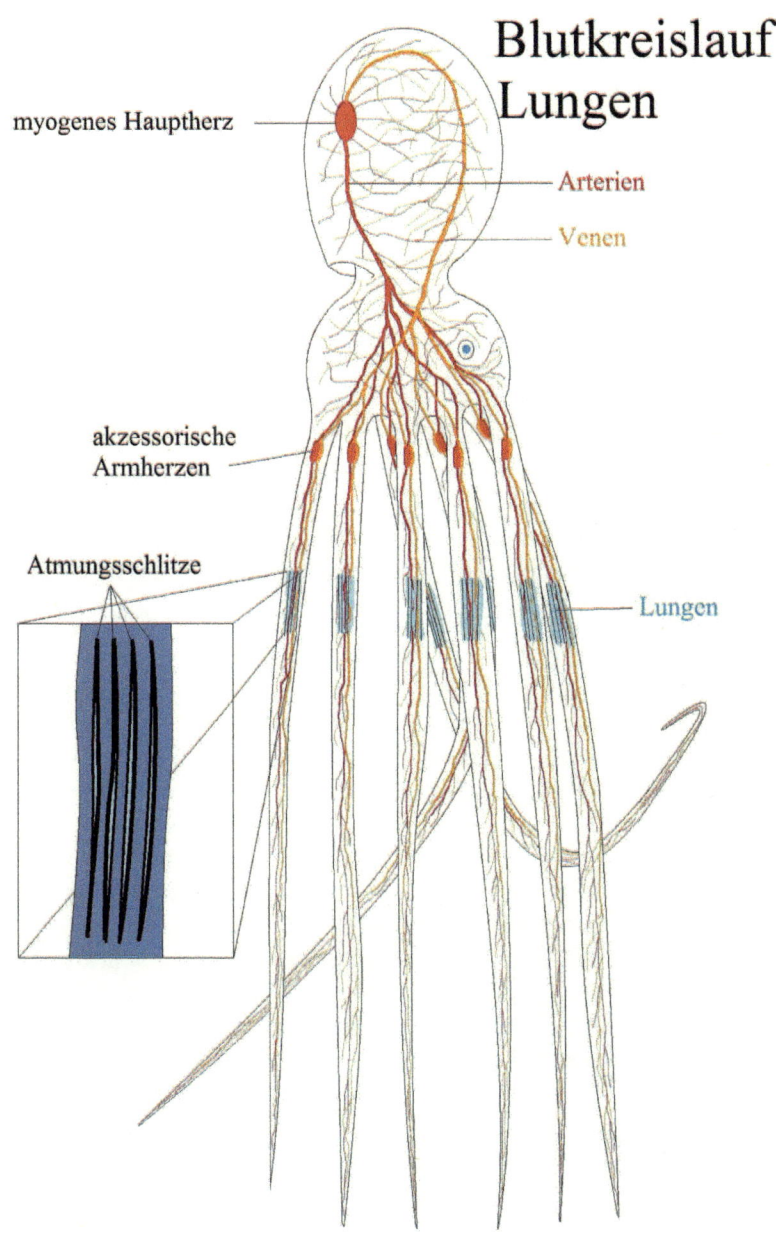

Blutkreislauf
Lungen

myogenes Hauptherz

Arterien

Venen

akzessorische
Armherzen

Atmungsschlitze

Lungen

Das myogene Hauptherz übernimmt den Transport des Blutes in dem weitgehend geschlossenen Blutkreislauf, die acht akzessorischen Armherzen hingegen sind neurogene Herzen und wirken hierbei nur unterstützend. Diese Armherzen sind entwicklungsgeschichtlich aus Muskeln entstanden, welche nun die Arm-Arterien und -Venen kontraktil pumpen, ohne das hierfür Herzkammern oder Herzklappen erforderlich sind. Diese propulsive Peristaltik funktioniert ähnlich wie bei Speiseröhre, Darm oder Harnleiter und wirkt unterstützend auf den Blutkreislauf der etwa zwei Meter langen Arme einer ausgewachsenen Luun.

Der Verdauungstrakt beginnt mit einer Raspelzunge, auch Radula genannt. Über die Speiseröhre gelangt das Futter dann in den Vorkammermagen, der mit kräftigen Magenmuskeln das Futter zerdrückt, durchmischt und mit einer Art Speichel verflüssigt. Diese Futtermasse wird dann portionsweise in den Hauptkammermagen gedrückt, wo sie mit der Magensäure in Kontakt kommt und dabei zu einem Brei zersetzt wird, der wiederum portionsweise in dir mehrschichtigen Darmfalten zwischengelagert wird. Hier verbleibt das Material im Mittel etwa fünf Tage, bis es durch die *Irrigationscolonia*, eine Art Darmspülungsorgan, ausgeschwemmt wird.

Leber, Nieren, Milz, Galle oder irgend eine Form von Drüsen sucht man vergeblich in der Luun. Erdgeschichtlich ist dieses Tier ja sozusagen aus einer anderen Welt, die uns vollkommen fremd ist. Dafür hat die Luun zwischen den mehrschichtigen Darmfalten noch die *Nihilum glanduli*, das sind Knotengeflechte, die sowohl an das Blutkreislaufsystem als auch an das Darmfaltensystem angeschlossen sind. In diesen Knoten wird das Blut gereinigt, Hormone und Enzyme werden abgegeben, Fremdstoffe sowie Giftstoffe werden aussortiert und entsorgt. Streng biologisch betrachtet sind diese uns fremdartigen *Nihilum glanduli* eine Art Marktplatz für Stoffhandel aller Art. Hier ist seltsamerweise auch die Luun-Fortpflanzung untergebracht. Männchen entwickeln in diesen N*ihilum glanduli* ihre Spermatophoren und Weibchen produzieren hier ihre Eier.

Seitdem man weiß, dass die Luun perfekt die Mimese, also die optische Nachahmung der Umgebung zur Tarnung beherrscht, noch besser als das allseits bekannte Chamäleon, konnte dieses Wesen in den letzten zwanzig Jahren etwas tiefgreifender erforscht werden.

Verdauungstrakt

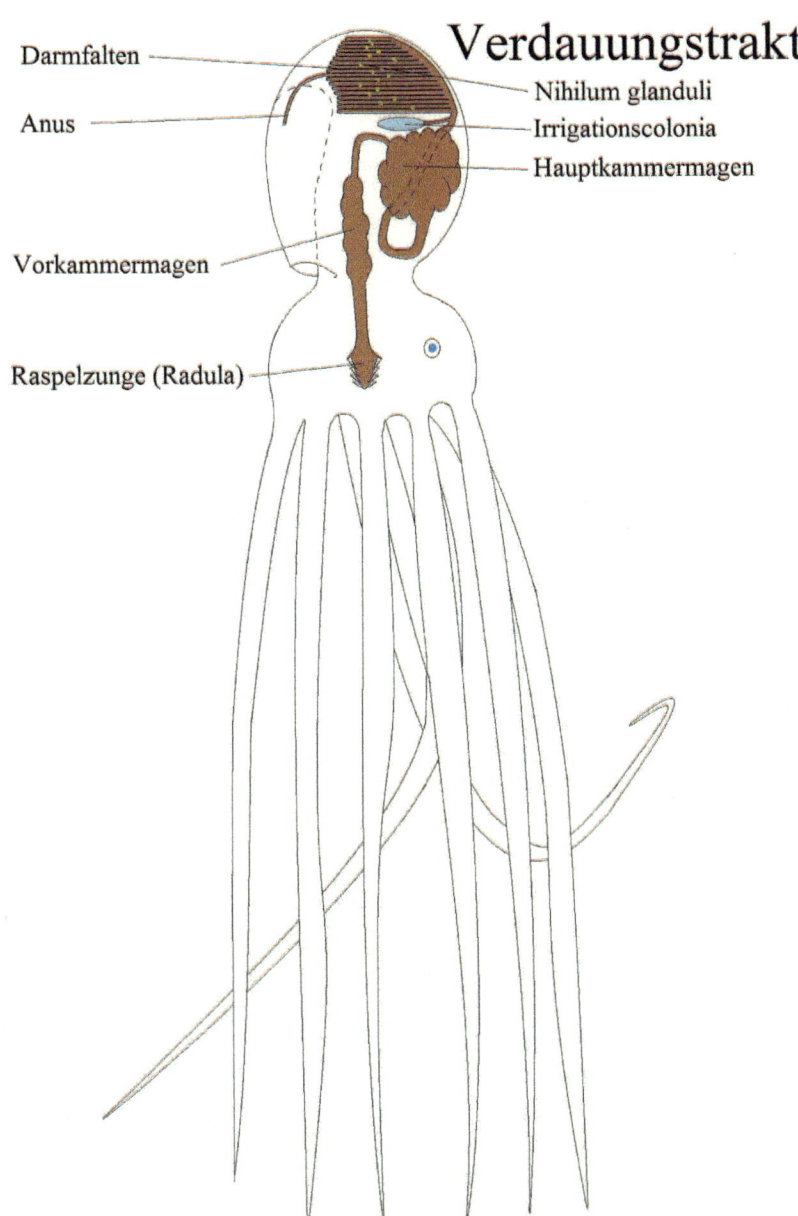

Darmfalten

Anus

Vorkammermagen

Raspelzunge (Radula)

Nihilum glanduli

Irrigationscolonia

Hauptkammermagen

Die Mimese der Luun beruht auf einer vierschichtigen Verteilung von Chromatophoren in der Haut, die mit den vielen Loben-Nerven verbunden sind.

Noch gänzlich unerforscht ist aber die Fähigkeit der Luun, sich wie ein durchsichtiger Glaskörper zu verhalten.

Woher wissen die Chromatophoren auf der vorderen Seite der Luun, dass auf der Rückseite der Luun gerade ein hellbrauner Baumstamm steht?

Wie können die optischen Loben (*Lobus opticus*) der Luunhaut diese Farbinformationen und auch die Formen aufnehmen und wie werden diese Informationen auf die gegenüberliegende Seite des Luun-Körpers oder des Luun-Armes in diese Chromatophoren geleitet?

Denn der gesamte Körper der Luun bildet ständig seine Umgebung so ab, wie wenn man durch einen Glaskörper blicken würde. Dies geschieht unabhängig vom Standpunkt des Beobachters. Die Luun reagiert also nicht gezielt auf einen erkannten feindlichen Beobachter, sondern agiert systematisch ganzseitig.

Dies wurde mit mehreren versteckten Kameras aus verschiedenen Blickwinkeln gleichzeitig beobachtet und festgehalten. Sämtliche Körperteile bilden ständig vorne die rückseitige Welt ab, ob Baumstämme, Äste, Blätter oder sonstige Elemente. Das Farbenspiel ist hierbei auch fast unbegrenzt und atemberaubend schön.

Eine Schwachstelle hat aber die Mimese der Luun, sie kann kein Licht erzeugen. Im grellen Sonnenlicht wirft der Luun-Körper unweigerlich einen Schatten. Ebenso reagiert die Luun total falsch auf starkes künstliches Scheinwerferlicht, denn sie ist unfähig, die Gegenstände hinter sich dann entsprechend heller nachzubilden.

Die Luun kann nur Farben, Formen und eben die dabei vorhandenen Helligkeiten stur nachbilden. Der dunkelbraune Baum hinter ihr wird trotz Scheinwerfer oder Taschenlampe eben dunkelbraun nachgebildet, obwohl er durch das Licht zur Tarnung hellbraun sein müsste.

Zur Überraschung der Wissenschaftler wurde noch eine zweite Schutz- und Tarntechnik aufgedeckt.

Mit Thanatose bezeichnet man eine Art Schreckstarre. Die Luun kann in höchster Bedrängnis sich in etwas verwandeln, was für den unaufmerksamen Verfolger dank der Thanatose und Mimese wie ein abgebrochener und dunkelbrauner Baumast mit acht Zweigen aussieht.

In die Hand genommen wiegt ein Thanatosekörper natürlich so schwer wie ein echter Ast, der auch hart und starr bleibt. Man kann dieses Etwas dann werfen, es verhält sich wie ein toter Ast. Auch ein großer Hund rennt da gerne hinter dem geworfenen Ast hecheln her und apportiert. Sobald die Luun aber erkennt, dass sie nicht mehr beobachtet wird, geht sie wieder zur geschmeidigeren Mimese ohne Thanatose über und dieser vermeintlich abgebrochene und dunkelbraune Baumast mit acht Zweigen entschwindet dann fast geräusch- und sichtlos durch das Laub und Gestrüpp.

Ernährung

Es hatte mehrere Jahre gebraucht, bis es den Forschern möglich wurde, eine in der Gefangenschaft lebende Luun richtig zu ernähren. Denn die Luun ist keine direkte Aasfresserin. Sie akzeptiert nur selbst gefangene lebendige Tiere und selbst gepflückte Früchte, die an echten Sträuchern hängen. In der Gefangenschaft muss der Luun deshalb ein natürliches Refugium, eine Art riesiges Terrarium bereitgestellt werden. Die Kosten hierfür sind enorm, denn es werden große Hallen benötigt, ausgestattet mit echten Bäumen, Büschen und freilaufenden Beutetieren, vergleichbar mit Treibhäusern oder Botanischen Gärten.

Die Luun braucht Brombeeren, Himbeeren oder Walderdbeeren, die sie sich selber pflücken kann. Hingestellte Schüsseln voll mit von Menschen gepflückten Beeren werden von der Luun einfach nicht akzeptiert. Manche meinen, die Luun hätte Angst davor, mit Früchten vergiftet zu werden oder sie verabscheut den menschlichen Geruch, der an so gepflückten Beeren hängt.

Realistischer ist wohl die Vermutung, dass die Luun evolutionsbiologisch so programmiert ist, herabgefallene Beeren als schädlich und gefährlich einzustufen. Denn an den herabgefallenen Beeren könnten schon fremde Tierchen haften, wie zum Beispiel der Fuchsbandwurm.

Ähnlich verhält es sich mit der lebenden Beute. Tote Tiere werden von der Luun gemieden. Das Beutetier muss leben und von der Luun selbst erlegt werden können. Nur dann wird es in die Baumwipfel zum Verwesen gebracht und nach einigen Tagen mit der Radula, der Raspelzunge aufgebrochen und verspeist.

Anfängliche Versuche, einfach tote Tiere in den Baumwipfeln zu deportieren, brachte interessanterweise keine Erfolge. Die Luun rührt solche toten Tiere schlicht nicht an und meidet sie. Vermutlich muss zwingend ein Bezug zu diesem toten Tier in den Baumwipfeln bestehen, denn es werden nur die von der Luun selber in die Baumwipfel verbrachte Kadaver akzeptiert.

Vielleicht wirkt hier auch ein System, das es der Luun sagt, diese fremden Kadaver hier im Baumwipfel sind nicht meine Beute. Deshalb fresse ich sie nicht, denn sonst könnte ich Streit mit meinen Artgenossen bekommen.

Tatsächlich haben serbische Forscher mit Spezialkameras einmal eine Art Rauferei zwischen drei Luun in den Baumwipfeln ihres Forschungsterrariums filmisch festhalten können. Da wurde nicht zimperlich vorgegangen, denn zwei der drei Luun wurden von der dritten Luun tatsächlich vom Baum zu Tode gestürzt.

Anders ist der Umgang der Luun mit Vogeleiern, die nach dem Nestplündern in der Mantelfalte mitgeführt und in den Baumwipfeln dann zerdrückt und eingeleckt werden.

Seltsamerweise gelang bislang allen Forschungsinstituten weltweit noch nie ein Nachweis, dass die Luun auch Vögel verspeist. Vermutlich stellen die scharfen, splittrigen Röhrenknochen der Vögel eine zu gefährliche Belastung für das Verdauungssystem der Luun dar. Diese Problematik ist ja bereits jeder Hundehalterin und jedem Hundehalter bekannt.

Fortpflanzung

Die angesehene serbische Universität von Kragujevac (Универзитет у Крагујевцу) hat bislang drei Forschungsberichte zur Luun veröffentlicht. Erste Erfolge mit Lebend-Fallen haben dort erstaunliche Erkenntnisse zur Fortpflanzung zu Tage gefördert, die nun in anderen Universitäten weiter untersucht und bestätigt werden sollen.

Zur Fortpflanzung entwickeln die ausgewachsene Männchen einen besonderen Arm im November, den Hectocotylus. Dieses Begattungsorgan, eine temporäre Ausstülpung des Eingeweidesacks, wird nach der Übertragung der Samenpakete nicht rückentwickelt, sondern mittels RNA-Editing deaktiviert. Hierbei wird dort die interne Blutversorgung in nur wenigen Tagen desorientiert und der abgestorbene Hectocotylus fällt nach der Begattung dann schließlich ab. So ein abgefallener Hectocotylus kann von Schwammerlsuchern und Pilzsammlern so gut wie nie gefunden und verwechselt werden, denn im November sind diese Leute im Wald in der Regel nicht mehr unterwegs. Bei der Begattung überträgt die männliche Luun Samenkapseln (Spermatophoren) in die Mantelhöhle der weiblichen Luun. Nach der Begattung erzeugt ein explosionsartiges Aufplatzen der Spermatophoren die Freisetzung der Spermien und die in der Mantelhöhle bereitgehaltenen Eier werden dabei befruchtet.

Das Weibchen verteilt anschließend die rund 30.000 bis 40.000 winzige Eier, verklebt zu mehrere festen Paketen, an verschiedenen Ablagestellen. Als Ablageort werden bevorzugt breite Astverzweigungen oder Baumhöhlen in den Wipfeln von Bäumen benutzt. Das Weibchen bewacht sogar ihr Gelege, um es vor Vögeln, Insekten und Spinnen zu schützen. Hierzu wird genetisch das Fressverhalten der Luun abgeschaltet, das Weibchen verhungert sozusagen schließlich zur Schlüpfzeit Ende Februar vor dem Gelege und bleibt in der Regel im Geäst noch einige Wochen abgestorben und erstarrt hängen, bis es im Frühjahr von Baumpilzen und Wettereinflüssen aufgelöst und entsorgt wird.

Statistisch lebt ein Weibchen etwa 24 Monate. In den ersten 20 Monaten ist es noch unfruchtbar, aber dann nach der Begattung im November und der Brutpflege bis Ende Februar stirbt es vor dem Gelege. Das Männchen hingegen kann bis zu drei Jahre begatten, bevor es sich in die Baumkronen geschwächt und ausgemergelt zurückzieht und stirbt. Denn die Männchen sind ebenfalls in den ersten 20 Monaten noch nicht fortpflanzungsfähig, können aber in den anschließenden drei Jahren jeweils im November zur Brunftzeit der Luun mehrere Weibchen begatten. Sie haben statistisch somit einen höhere Lebensdauer von insgesamt fast fünf Jahren. Die Ursachen oder Gründe für diese unterschiedlichen Lebensdauern sind noch nicht erforscht, müssen aber darwinistische Funktionen haben, um den Fortbestand der Art dauerhaft zu sichern.

Die Luun bildet keine richtigen Larven, denn der Embryo wächst als Dotterscheibe auf den Eiern als discoidale Furchung heran. Nach dem Schlüpfen, die winzigen Luun sind nur etwa einen Zentimeter groß, beginnt schon die Jagd nach Bauminsekten. Von den gelegten Eiern, im Mittel rund 35.000, entwickeln sich aufgrund des RNA-Editing statistisch nur etwa 15 bis 30 Eier zur gesunden, aber angepassten Luun. Durch natürliche Auslese im weiteren Wachstumsprozess erreichen davon weniger als 20 Prozent ein fortpflanzungsfähiges Alter, also nur drei bis sechs Exemplare. Etwa zwei Drittel davon sind weiblich und somit verdoppelt bis vervierfacht sich alle zwei Jahre der Bestand an Weibchen.

Soweit die Milchmädchenrechnung von Nichtwissenschaftlern. Denn nach 30 Jahren würden so aus einer weiblichen Luun rechnerisch mindestens 16.384 Weibchen entstanden sein. Dieses gigantische Wachstum ist aber in den Wäldern nicht feststellbar, trotz der diversen Tarnungseigenschaften der Luun.

Der Begriff 'natürliche Auslese' verwirrt auch zunächst, da die Luun keine natürlichen Feinde im Wald hat. Sie ist für die Menschen und Tiere ja kaum sichtbar und wahrnehmbar, bewegt sich außer zum Fressen von Waldfrüchten wie Brombeeren, Himbeeren oder Walderdbeeren kaum auf dem gefährlichen Waldboden, lebt überwiegend in den sicheren Baumwipfeln und plündert im ausgewachsenen Stadium auch mal Vogelnester. Auch Säugetiere wie Mäuse, Ratten, Igel, Eichkätzchen, Kaninchen, Hasen und Jungfüchse sind eine gelegentliche Beute der Luun. Mit den Fangarmen werden diese Tiere erschlagen oder erdrosselt und dann in die Baumwipfel verschleppt. Im Zuge des natürlichen Verwesungsprozesses kann die Luun dann mit ihrer Raspelzunge die Beute aufbrechen und zerlegen.

Die natürliche Auslese der Luun ist überraschenderweise der Wind. Manche Tiere verlieren in den Baumwipfeln den Halt bei Stürmen und stürzen ab oder brechen mitsamt den Ästen und Zweigen in die tödliche Tiefe. Denn Frühlings- und Herbststürme unterkühlen den Luun-Körper und die lebenswichtigen Nerven- und Muskelfunktionen reduzieren sich gegen Null. Während bei Stürmen am Waldboden gefühlte Plus Fünf Grad zum Beispiel gemessen wurden, waren in den Baumwipfeln Minus Eins bis Minus Fünf Grad Celsius die Regel. Hier wirkt eine tödliche Welt mit Unterkühlung, Muskelversagen, Funktionsstörungen, Nervenchaos und mit unwägbarem Fehlversagen der Statik beziehungsweise der Dynamik gesunder Wipfeläste unter kiloschwerer Belastung.

Kältegelähmt an einem vermeintlich sicheren Ast klammernd und unfähig, die bis zu zwei Meter langen, ausgekühlten Arme noch zu bewegen, fällt die ausgewachsene Luun mit ihren 40 bis 50 kg Gewicht aus über fünfzehn Metern Baumwipfelhöhe tödlich in die Tiefe, streift dabei noch anderes Geäst und verreckt schwer angeschlagen dann auf dem Waldboden, freudig empfangen von gierigen Bodenbewohnern und garstigen Pilzen. Ein Luun-Kadaver verrottet bekanntermaßen ja rasend schnell auf dem Waldboden. So ist die derzeitige offizielle Lehrmeinung.

Aber auch diese natürliche Auslese der Luun kann nach neuesten Erkenntnissen nicht alleinig den Ausschlag für das erkennbar doch geringe Ausbreitungswachstum geben. Neueste Forschungstheorien brachten Unglaubliches zum Vorschein, denn derzeit sind zwei Hypothesen in der Fachwelt stark diskutiert und noch umstritten.

Professor Dr. Vlado Begovic von der University of Kragujevac (Универзитет у Крагујевцу) in Serbien machte sich spannende Gedanken über das Gehör einer Luun. Wie hört dieses Wesen? Wie nimmt die Luun Schallwellen auf? Wie werden diese verarbeitet? Und letztendlich, wie wird darauf reagiert?

Eine Banalität, denkt man! Aber oh Schreck! Die Luun hat ja gar keine Ohren!

Ein Organ, das Schallwellen registrieren könnte und neurologisch zum Gehirn zur Verarbeitung übertragen könnte, wurde bislang nicht gefunden. Es gibt ja schlicht weder Ohren noch Gehirn im herkömmlichen Sinn. Die Luun besitzt aber hochentwickelte Statocysten, die innerhalb der komplexen Knotenstruktur (*Universa gangliorium impares*) liegen und neben Gravitation und Beschleunigung auch relativ niederfrequenten Schall von 18 bis 487 Hertz wahrnehmen können. Mehr aber leider nicht.

Die Luun nimmt mit ihren acht Armen Vibrationen wahr, das ist vorerst die Theorie von Prof. Dr. Vlado Begovic. Der Nachweis konnte noch nicht erbracht werden. Aber seine Schlussfolgerung wäre, dass die Luun den menschlichen Lebensraum deshalb rigoros meidet, weil sie durch Vibrationen, sei es Autolärm, Waldarbeit oder Tourismus ständig flüchtet und deshalb oft verhungert.

Immerhin lebt dieses Wesen schon seit Jahrmillionen in absoluter Ruhe in den Wäldern und konnte sich während der Anfänge der Menschheitsentwicklung entspannt tiefer in die Wälder zurückziehen. Aber dies wurde in den vergangenen zwei- bis dreitausend Jahren immer schwieriger, denn die Waldvernichtung und der Lärm in den Wäldern hat europaweit zugenommen und ist inzwischen bis auf wenige Naturschutzgebiete als Reservate ständig zugegen. Das ist die Theorie der sogenannten Lärmscheuheit aus Serbien.

Eine andere Theorie, entwickelt von Prof. Dr. Prizel Zukung vom Benjamin Franklin Institute of Technology in Boston basiert auf elektrische Erkenntnisse. Die Lunn mag ja lärmscheu sein. Was sie aber erheblich stärker an der Vermehrung hindert, ist die elektrische Spannung bei Stürmen und Gewittern in den Baumwipfeln. Dieser Bereich ist weitgehend unerforscht, denn der Mensch hält sich in solchen Höhen so gut wie nie auf. Die Hypothese von Prof. Dr. Prizel Zukung unterstellt, dass bei Gewitterstürmen fast alle Luun durch diese Spannungsentladungen in den Baumwipfeln neurologische Störungen in den Muskeln erleiden und deshalb tödlich abstürzen können statt sich zu vermehren. Eine anspruchsvolle und herausfordernde Theorie zwar, aber bislang noch nicht verifiziert mangels Gerüsten und Messgeräten in Baumwipfelhöhen.

Wir werden sicherlich in den nächsten Jahren mehr erfahren, ob der Lärm oder elektrische Reize in den Baumwipfeln oder vielleicht nur der Wind eine schnelle Luun-Ausbreitung hemmt. Fakt ist, dass trotz der vielen Eier pro Gelege nur selten ein bis zwei neue Weibchen überleben und sich fortpflanzen können. Aber das reicht seit Jahrmillionen aus.

Planetare Betrachtungen

Die Luun gehören zweifelsfrei zu den intelligenten Wesen auf diesem Planeten Erde. Aber anders als die Menschen, die Menschenaffen, die Delfine, die Wale und die Rabenvögel haben die Luun eine schier unüberwindliche Evolutionssperre, die interessanterweise auch in den vielen Millionen Jahren seit dem Bestehen der Luun nie durchbrochen werden konnte. Einmal erlernte Fähigkeiten werden nicht von Generation zu Generation weitergegeben, weil die Luun keine Eltern-Kind-Beziehungen wie Vögel oder Säugetiere aufbauen können. Es gibt einfach keine generationenübergreifende Wissensansammlung.

Die Luun-Mütter werden ihre Kinder nie sehen und umgekehrt werden die Luun-Kinder nie ihre Mutter kennenlernen. Die Luun-Väter leben zwar länger, betreiben aber weder Brut-Pflege noch suchen sie den Kontakt zu ihren Nachkommen, außer es sind fortpflanzungsfähige Weibchen.

Die Luun haben auch keine Dokumentationstechnik entwickeln können. Auch wenn sie rein theoretisch ihr Wissen aufschreiben könnten, die Jungen könnten es doch nie lesen. Denn wer würde den Nachkommen das Lesen beibringen? Bei den Luun wäre ein Evolutionsschub aber durchaus möglich, entweder durch Wissenstransfer mittels RNA-Editing, was zwar momentan etwas exotisch und fiktiv klingt, aber durchaus realisierbar wäre oder durch eine Änderung der biologischen Geburtsabläufe, die grundsätzlich auch evolutionsbiologisch möglich wäre.

Das ist aber nie geschehen. In den vergangenen 66 Millionen Jahren haben sich zwar aus unscheinbaren kleinen Säugetierchen eine Vielzahl von Säugetierrassen, angepasst an die unterschiedlichsten Lebenszonen entwickeln können, bis hin zum hochkomplexen Menschen. Die Luun haben sich in diesem gigantischen Zeitraum aber kaum nennenswert weiterentwickelt, vermutlich bestand auch kein Bedarf dafür. Wozu auch! Für andere Tiere nicht sichtbar konnten sich evolutionstheoretisch natürlich auch keine Luun-Feinde oder Luun-Jäger herausbilden, die eine neue Gefahr dargestellt hätten. Umweltbiologisch war eine genetische Vielfalt deshalb nie zwingend erforderlich. Lediglich in den letzten zweitausend oder auch dreitausend Jahren musste sich die Luun dem menschlichen Wachstum anpassen. Noch kann sie sich in verlassene und ruhige Waldreservate zurückziehen. Aber auch das kann eines Tages vielleicht nicht mehr funktionieren. Wie die Luun dann darauf reagieren wird, ist derzeit unvorhersehbar.

Aus heutiger Einschätzung stellt der Mensch aber keine große Gefahr für die Luun dar, denn die Menschenart des *homo sapiens* existiert erst seit rund 400.000 Jahre und wird vielleicht auch nicht mehr lange existieren.

Allein der Blick ins Weltall zeigt, dass es keine Aliens, also keine Außerirdischen gibt, zumindest momentan beziehungsweise zeitversetzt durch die großen Entfernungen und langen Laufzeiten von Funkwellen. Denn die Entwicklung hochintelligenten Lebens mit verräterischen Funksignalen ist nur auf einen kurzen Zeitraum von wenigen hundert oder tausend Jahren begrenzt, dann erfolgt anscheinend die Selbstzerstörung durch Atomkrieg, Klimawandel, Rohstoffmangel, Todesseuchen oder vielleicht durch eine meditative Erkenntnis der vermeintlichen Sinnlosigkeit des Seins im Universum. In den wahnsinnig langen Zeitläufen des Universums sind solche Intelligenz-Zeitfenster von wenigen hundert oder tausend Jahren nur kurzfristige Kratzer auf der ewigen Zeitachse, die keine oder nur zufällige, vermutlich aber sehr seltene Kommunikationen mit den anderen Aliens ermöglichen.

Der Mensch ist deshalb aus der Sicht der Luun nur eine vorübergehende Erscheinung krankhafter Intelligenzen, die den Planeten samt Umwelt verwüsten, aber dann doch wieder verschwinden.

Untersuchungen weltweit haben ergeben, dass Artefakte jeglicher technischen Kultur tatsächlich nur etwa drei Millionen Jahre haltbar sind, dann sind sie verrottet und zerfallen, egal ob aus hochwertigem Aluminium oder aus primitivem Stein.

Hätte es jemals eine hochintelligente Rasse von Dinosaurier-Wesen vor 66 Millionen Jahren gegeben, die sich selbst vernichtet hat oder von Aliens vernichtet wurde, wir würden nie davon etwas finden können. Denn kein Artefakt existiert länger als drei Millionen Jahre.

Allein aus dieser Perspektive ergibt sich ein völlig anderes Bild unseres Daseins, denn wir sind in einer zeitlichen Informationsblase, die anscheinend nicht sehr weit reicht. Wir wissen nichts von der ferneren Vergangenheit und wir wissen nichts von anderen intelligenten Kulturen, wenn es um mehrere Millionen Jahre vor uns geht. Entstehen immer wieder alle paar Millionen Jahre intelligente Lebensformen auf der Erde, die den Planeten beeinflussen, ihn verwüsten und dann doch wieder aussterben?

Zumindest haben diese Vorläufer-Lebensformen die Öl- und Gasreserven der Erde nicht geplündert; ein schlüssiges Indiz, dass es bislang noch gar keine Vorläufer-Lebensformen gegeben haben könnte. Wir Menschen sind wohl also die Ersten; aber was kommt nach uns? Die Luun?

Trotz vieler hundert Millionen Jahre Existenz hatte es die Luun nie nötig, Feuer zu machen. Ohne Feuer gibt es aber keine Metallverarbeitung! Ohne Metalle sind Raumfahrt und Funkverkehr aber schlicht unmöglich. So hoch intelligente Wesen wie Delfine oder Wale beispielsweise sind nie in der Lage, Raumfahrt und Funkverkehr zu entwickeln, denn sie leben im Wasser. Intelligente Wesen auf dem Land oder in der Luft hingegen sind da besser vorbereitet für den Umgang mit Feuer.

Wenn unsere Erkundungstrupps oder Robotersysteme eines Tages zum Beispiel auf dem Jupitermond Europa oder den Saturnmonden Enceladus oder Titan landen werden, Monde mit sehr tiefen Ozeanen unter gigantisch dicken Eisschichten, könnten wir in diesen lichtlosen Ozeanen vielleicht intelligentes Leben vorfinden, ähnlich den Tieren in unseren tiefen Weltmeeren oder unseren Wäldern, die aber unfähig sind, sich im Universum bemerkbar zu machen.

Übrigens überschreitet das zusammenaddierte Wasservorkommen auf Pluto sowie einigen Saturn- und Jupitermonden 47-fach das Wasservorkommen auf unserer Erde. Das ist kein Druckfehler! Enceladus, Triton, Dione, Pluto, Europa, Kallisto, Titan und Ganymed enthalten zusammen 47 mal so viel Wasser wie die Erde. Allein der Mond Ganymed besteht zu 69 Prozent nur aus gefrorenem und flüssigem Wasser, das ist 26 mal mehr als unsere Weltmeere, arktischen Eisplatten, Gletscher, Flüsse, Seen und Wasserdampfwolken auf dem Planeten Erde zusammen ergeben. Aber eben nicht an der Oberfläche, sondern tief unter Hunderten Kilometer dicken Eisschichten. Wir wissen noch nicht, was da wo und wie lebt, am Beispiel der Luun können wir uns da aber einiges vorstellen und müssen wohl auf alles gefasst sein.

Luun und Mensch

Von Natur aus extrem scheu und vorsichtig kann dieses hochintelligente Waldwesen so gut wie nie einem Waldspaziergänger begegnen. Sowohl bei der staatlichen Forstverwaltung als auch bei den Berufsjägern ist die Luun grundsätzlich auch wertneutral angesehen, denn sie beschädigt weder die Jungtriebe von Bäumen noch greift sie massiv in den Wildbestand ein.

Trotzdem wird dieses Wesen heimlich bejagt, denn es passt einfach nicht in das überkommene Weltbild gerade der bäuerlichen Jägerschaft, denen dieses Tier seit Jahrhunderten eher als mystisches Gespenst aus dem Jägerlatein vorkommt, so wie der Wolpertinger, eine angeblich in Bayern lebende Tierart. Vereinzelt gibt es vom Wolpertinger auch ausgestopfte Exemplare in Bayern zu sehen, um den Tourismus anzukurbeln. Die ausgestopfte Luun hingegen wird sorgsam und verschwiegen in Kellerschränken aufwendig versteckt und nur Eingeweihten gezeigt.

Da wird im Wald auf alles geschossen, was sich nur im Entferntesten als Luftflimmern andeutet. Denn Professor Dr. Ludowig Kramer hatte 2007 mit seinen Studentinnen und Studenten statistische Untersuchungen bei dreizehn Waffengeschäften im Bayerischen Wald vorgenommen. Von 1998 bis 2005 hatte sich dort der Verkauf von Schrotmunition fast verzehnfacht, obwohl der Bestand an Jägern in den dortigen Landkreisen ja weitgehend gleichgeblieben war. Ein relativ schlüssiger Beweis, dass in den Wäldern des Bayerischen Waldes nun heimlich vermehrt auf die Luun herumgeballert wird. Denn dieser heimliche Trophäenkult ist ja nicht neu und manche Jägerin oder mancher Jäger hätte gerne so eine ausgestopfte Luun zumindest heimlich im Keller; als Beweis ihrer Existenz und auch der besonders schwierigen Jagdkunst.

Eine Luun zu schießen ist wie ein Fünfer- oder Sechser-Treffer im Lotto, also so gut wie sehr selten. Manche jagen deshalb unerlaubt und heimlich mit Wärmebildkameras oder den verbotenen Nachtsichtgeräten. Was aber kaum Erfolg verspricht, denn eine lebende Luun hat nur maximal 26 Grad Celsius Körperaußentemperatur und reflektiert wegen der Mimese außerdem kaum Mond- oder Sternenlicht. Zudem bewegt sich die Luun nachts im Dunkeln nicht. Entweder schläft sie oder sie wartet passiv und bewegungslos in der Dunkelheit auf Licht, denn die Luun erstarrt in der Finsternis, bleibt regungslos bis zur Morgendämmerung.

Gerüchten zufolge gibt es 2018 in ganz Bayern bisher nur vier Jäger und eine Jägerin, die eine ausgestopfte Luun zuhause im Keller versteckt haben sollen.

Das Ausstopfen von Tieren ist an sich schon eine besondere Kunst, bei einer Luun braucht es aber besondere Spezialisten, die noch dazu auch sehr verschwiegen sein müssen. Wer schon einmal erfolgreich eine relativ kleine Weinbergschnecke ausgestopft hat, kann sich in etwa vorstellen, was ihr oder ihn bei einer großen Luun erwartet. Denn alles am Tier ist weich, geschmeidig, empfindlich und muss innerlich sorgsam mit Drahtgeflechten stabilisiert werden. Allein die Haltbarmachung der Körperzellen ist eine Herausforderung, denn mit ein bisschen Formaldehyd ist es bei diesem Wesen nicht getan. Da braucht es wochenlange Tauchbäder in verschiedenen Gerbstoffen mit Kaliumpermanganat, Alaun, Kaliumsalze, Magnesiumsalze, speziellen Haarshampoos und seltenen Weichspülern. In ihrem Inneren wird die Luun zudem mit Watte, Holzwolle, Ton, Pappe und Drähte ausgerichtet.

Die Menschen hatte bislang so gut wie keine Probleme mit der Luun, denn sie hatten dieses Waldwesen kaum wahrgenommen. Umgekehrt hat die Luun mit uns Menschen inzwischen schon ein Problem. Denn wir sind im Wald Konkurrenten bei der Nahrungssuche. Wir sammeln Beeren, töten Hasen und Kaninchen, vergiften Mäuse und Ratten, überfahren Igel, nehmen den Eichkätzchen die Haselnüsse weg und schießen Jungfüchse. Kurzum, wir fördern den tier- und früchtelosen Wald. Der heutige Wald ist nur noch ein Nutzraum zum Anbau von schnell wachsendem Fichtenholz. Die natürliche Wildnis wird nicht geduldet und Ruhe schon gleich gar nicht, denn kreischender Kettensägenlärm, johlendes Freizeitvergnügen, jaulende Holzvollernter-Maschinen, nerviges Fahrradklingeln und brummender Lastwagenlärm beeinträchtigen zunehmend den Lebensraum der Luun.

Wenn man sich aber sehr ruhig verhält, schweigsam vor einem Luun-Käfig sitzt mit einer lebend gefangenen Luun, dann ändern sich die Verhältnisse. Das neugierige und intelligente Tier kommt an die trennende Glasscheibe, um uns zu beobachten, uns zu mustern, uns einzuschätzen. Meistens wird von der Luun in der Gefangenschaft auch die Mimese abgeschaltet, um sich absichtlich ganz zu zeigen, denn sie hat die Sinnlosigkeit der Mimese erkannt.

Die Augen der Luun sind sehr verstörend. Unser Hirn interpretiert evolutionsbiologisch in die Augenbewegungen und Augenstellungen solcher menschenähnlicher Augen automatisch auch menschliche Gefühlswelten, die hier bei einer Luun aber absolut nicht zutreffend sind.

Der Blick in die Augen einer Luun ist der Blick in eine absolut fremde Seele, die mit unseren Gefühlen spielen kann, uns verführen kann und uns doch brutal hinters Licht führen will. Viele Forscher und Militärtrainer, die mit diesen in der Gefangenschaft lebenden Wesen täglich arbeiten, müssen schon nach wenigen Wochen psychologisch und psychiatrisch betreut werden, denn ihre innere Gefühlswelt wird zumeist vollkommen auf den Kopf gestellt.

Der beste Schutz ist laut Prof. Dr. Julia Carosch vom Campus Freising-Weihenstephan der Aufbau einer inneren Einstellung, nur mit Maschinen zu arbeiten und die Augen der Luun als Maschinenaugen zu sehen. Trotzdem wurden immer wieder Fälle bekannt, dass Betreuerinnen und Betreuer dieser faszinierenden Wesen sich zu Ausbruchshelferinnen und Ausbruchshelfern animiert sahen, sich auserkoren sahen, Hingabe, Mitgefühl, Liebe und Selbstaufopferung zu entwickelten und dadurch teure Forschungs- oder Militärprojekte massiv gefährdet oder zerstört haben.

Zahlentests haben übrigens ergeben, dass diese Tiere anscheinend mit Oktalzahlen rechnen. Was ja immerhin sehr verständlich ist, denn sie haben acht Arme. Das Oktalsystem wird auch von uns Menschen bei der Darstellung von Dateizugriffsrechten unter dem alten Computerbetriebssystem Unix verwendet. Auch in der Luftfahrt wird der Transpondercode (Squawk) in jedem Flugzeug mit Oktalzahlen dargestellt.

Ja, die Luun kann richtig rechnen! Evolutionstheoretisch ist aber ein Zusammenhang zwischen dieser rechnerischen Begabung und dem biologischen Daseinsverhalten nicht erklärbar. Die Lunn benötigt im Alltag anscheinend keinerlei Rechenkunststücke, um zu überleben. Das wird wohl noch ein kleines Geheimnis bleiben, warum die Luun rechnen kann, es aber eigentlich nicht nötig hat.

Luun und Militär

Es gibt Vermutungen, dass sich die Luun auch in den US-amerikanischen Wäldern festgesetzt haben könnte. Seitens der US-Behörden wird dies zwar regelmäßig dementiert. Aber der amerikanische Nachrichtensender CNN hatte bereits 2006 in einem Fernsehbeitrag behauptet, dass amerikanische Geheimdienste heimlich mit der Luun experimentieren. Einerseits geht es um die außergewöhnliche Tarnkappeneigenschaft der Luun, aber andererseits auch um die militärischen Einsatzmöglichkeiten dieser hochintelligenten Wesen mit ihren kognitiven Fähigkeiten, die ja immerhin sehr lernbegierig sind, ähnlich der Delfine, die von israelischen, chinesischen, iranischen und amerikanischen Marine-Dienststellen seit Jahren für geheime militärische Zwecke benutzt werden. Die ukrainischen Kampfdelfine vom Marinekomplex "Okeanarium" in der Krim-Hauptstadt Sewastopol hingegen sind nun 2018 ausgestorben, angeblich mangels ausreichender Zuwendung und Versorgung durch die russischen Besatzer.

Im November 2017 hatte der US-amerikanische Präsident auf ein Interview-Gesuch des russischen Reporters Valterovitsch Nemischev (Валтеровитсч Немисчев) zur Luun-Existenz in den US-Wäldern auf Twitter geantwortet: „Reality is in real life actually an illusion. But you can believe me, to use the Luun militarily we will be the first. America first!" Das hatte sofort ein außergewöhnliches Recherchieren vieler Nachrichtenagenturen ausgelöst, die aber nur verunsicherndes Halbwissen zu Tage fördern konnten. Seitdem ist auch in chinesischen, indischen, nordkoreanischen, pakistanischen und iranischen Militärkreisen das Interesse an der Luun stark angestiegen, denn die Amerikaner werden wieder einmal pauschal verdächtigt, mit der Luun insgeheim bereits militärische Versuche durchzuführen.

Putin wiederum könnte vielleicht darüber nur milde lächeln und schweigen, wenn es nicht diese russische Überläuferin Svetlana Wladimirowna Konowalowa (Светлана Владимировна Коновалова) vom russischen militärischen Nachrichtendienst GRU SpezNas gäbe. Diese Frau wechselte im Zuge der Ukraine-Krise im Dezember 2016 die Seiten und flüchtete auf abenteuerlichen Wegen aus dem Donbas nach Kiew in die Hände der CIA und wurde mit der geheimen CIA-Fluggesellschaft

JANET dann sofort auf die Ramstein Air Base in Deutschland in Sicherheit verbracht, denn sonst hätten die Ukrainer sie womöglich eingesperrt, gefoltert und umgebracht.

Die GRU SpezNas (подразделение специального назначения Российской Федерации), auf deutsch „Einheit der Russischen Föderation zur besonderen Verwendung", ist eine russische Spezialeinheit des militärischen Nachrichtendienstes GRU für Aufklärung, asymmetrische Kriegführung und Terrorismusbekämpfung und arbeitet laut der russischen Überläuferin Svetlana Konowalowa schon seit Jahren mit der Luun.

Abgerichtete russische Luun sind angeblich in der Lage, Gegenstände zu transportieren. Bei entsprechender Futterbelohnung ist eine Luun gerne bereit, eine kleine Sprengstofffladung samt Funkzünder von A nach B zu transportieren. Die Luun selbst ist dabei fast so gut wie unsichtbar dank ihrer Mimese, lediglich der transportierte Gegenstand würde in der Praxis auffallen, kann aber je nach Größe auch in der Mantelfalte der Luun versteckt werde.

Svetlana Konowalowa hatte berichtet, dass aufgrund der kurzen Lebensdauer der Luun dies eine hochkomplexe Angelegenheit sei, denn sobald die Luun nach 20 Monaten ihre Fortpflanzungsfähigkeit erreicht hat, ist sie für Menschen nicht mehr kommunikativ erreichbar. Jungtiere wiederum sind in den ersten 12 Monaten zu klein und zu schwach für Transportaufgaben und natürlich auch zu unkonzentriert. „So eine junge Luun ist im ersten Jahr doch nur aufs Fressen und Wachsen aus", sagte Svetlana Konowalowa, „und wenn sie dann andererseits nach 20 Monaten geschlechtsreif geworden ist, dreht sie in der Gefangenschaft völlig durch und ist instinktiv nur noch mit Ausbruchs- und Paarungsversuchen beschäftigt."

Somit verbleiben nur acht Monate zum geheimdienstlichen Abrichten und Einsetzen des Tiers zur Verfügung. Das ist eine sehr knappe Zeit und erfordert auch eine ständige Aufzucht neuer Tiere. Außerdem ist eine Luun erst gegen Ende dieser Ausbildungszeit einsetzbar, das sind dann die Monate September, Oktober und November. Angebliche statistische Auswertungen der NSA belegen für diese Jahreszeit auch eine Häufung unaufgeklärter Sprengstoffanschläge weltweit, die Informationsquellen (Snowden-Dateien) hierzu sind aber nicht glaubwürdig genug.

Da die Luun heiße und trockene Klimazonen nicht verträgt, weil ihre Haut relativ schnell austrocknen würde oder das Herz-Lungen-System hitzebedingt kollabieren würde, konnte laut Svetlana Konowalowa die Luun in Ländern wie zum Beispiel Syrien bislang nicht eingesetzt werden. Es gibt aber Hinweise für Luun-Einsätze in Baku, Nordossetien, Bergkarabach, Inguschetien und nicht zuletzt in Tschetschenien. Bei einigen Einsätzen in Tschetschenien sei Svetlana Konowalowa angeblich sogar selbst dabei gewesen.

Die russische Überläuferin hatte besonderen Wert auf die Feststellung gelegt, dass in Russland zwar schon seit rund zwanzig Jahren die Luun erforscht und für militärische Einsätze ausgebildet wird, aber die Fortschritte nur sehr schleppend vorangehen. Hauptproblem ist die Kommunikation von Luun zum Menschen. In die umgekehrte Richtung sind relativ schnell Ansätze möglich geworden; es wird mit Gestiken und Augensignalen gearbeitet. Da lernt und versteht die Luun schnell, was der Mensch von ihr möchte. Die Russen konnten aber bislang keinerlei Aktivitäten der Luun entdeckt werden, die als Kommunikationsversuch hin zum Menschen interpretiert werden konnten. Diese Tiere machen weder Laute noch Gestiken, sie signalisieren einfach nichts. Nur untereinander kommunizieren diese Tiere mit einer bislang noch nicht entschlüsselten Sprache mit Knack- und Pfeifgeräuschen.

Versuche mit dem Abspielen solcher aufgezeichneten Pfeif- und Knackgeräusche ergaben aber keinerlei verwertbare Reaktionen der Luun. Denn nach einer These von Svetlana Konowalowa verweigert die Luun ganz bewusst dem Menschen einen kommunikativen Zugang zu ihren Befindlichkeiten, Wünschen und Ängsten. „Die Luun versiegelt ihre Seele", sagte sie und verglich das Ganze mit KZ- oder Gulag-Gefangenen. „Die in Gefangenschaft lebende Luun macht alles, was man ihr anschafft, um zu überleben, aber sie zeigt uns ihre Verachtung durch das Schweigen, sie teilt uns nicht mit, was sie denkt, es gibt kein 'Ja' oder 'Nein', kein Jammern oder Bitten, kein 'Danke'. So eine Luun ist gefühllos und fremdartig. Wenn sie uns wenigsten hassen würden!", berichtete Svetlana Konowalowa, „aber ich hatte noch nie ein aggressives Verhalten erlebt, nicht einen Hauch von Bedrohung."

Abgerichtet werden diese Tiere in abgeschlossenen Hallen, berichtete Svetlana Konowalowa, aus die ein Entkommen nicht möglich ist. In den Hallen sind naturgetreu echte Bauwerke wie Häuser, Straßen, Zimmer und

Keller nachgebildet. Mit der Zeit lernt die Luun, dass sie nicht flüchten kann und kommt wieder zum Startpunkt zurück, wo sie auch wieder Futter als Belohnung auffinden wird. Später wird an der Luun eine Spreng-Attrappe befestigt und das Spiel wiederholt sich. Das hört sich zuerst harmlos an. Wie aber befestige ich etwas an einer Luun? Das geht relativ einfach. Im Dunklen. Sobald die Luun sich in absoluter Dunkelheit befindet, ist sie wie gelähmt. Ohne Lichteinwirkung verhält sich die Luun absolut passiv, um sich nicht zu verletzen. Da können zwei oder drei Menschen vollkommen ungefährdet an die Luun herantreten und mit Gurten oder Bändern Gegenstände anbringen.

Gezielte Fernsteuerung ist derzeit noch nicht möglich, die Luun wird auf dem Weg zum Zielort von Menschen begleitet, die mit Gestiken das Tier versuchen, auf den richtigen Weg zu halten. Trotz der Mimese kann die Luun kontrolliert werden, da ihre Anwesenheit ein Luftflimmern erzeugt. Geübte Instruktoren können deshalb dieses fast unsichtbare Wesen begleiten und mit Gestik lenken. Nach einigen Wochen ist die Luun dann in der Lage, den Weg zum Zielpunkt selbständig und allein zu gehen, es hat den Weg nun auswendig gelernt, weiß auch, dass eine Entkommen nicht möglich ist und dass am Zielpunkt viel Futter als Belohnung auf sie wartet.

Dann kommt der echte Einsatz. Die Luun wird in einem lichtlosen Käfig zum Einsatzort transportiert, mit einem GPS-Sprengsatz präpariert und dann freigelassen. Obwohl sie nun eigentlich flüchten könnte, nimmt sie den gewohnten Weg durch die angelernten Bauwerke und Räume des zum Beispiel Präsidentenpalastes oder Terroristenverstecks und wird dann am Zielort, dem vermeintlichen Futterort, ferngesteuert von der GRU SpezNas gesprengt.

Svetlana Konowalowa glaubt, dass die Luun strikt zwischen Menschen und GRU SpezNas unterscheiden kann, denn normale Menschen tragen keine weiße Körperschutzkleidung mit Haube gegen Viren und Bakterien. In der Gefangenschaft hat die Luun aber ständig nur mit diesen weiß gekleideten Geheimdienst-Wesen zu tun. Alle müssen aus Sicherheitsgründen solche weißen Schutzanzüge tragen, wie bei einer Ebola-Seuche. Die Luun lernt dabei, dass diese weiß gekleideten Gestalten immun gegen ihr Körpergift Jawieschock sind und ungefährlich sind. Andere Menschen in Alltagskleidung hingegen werden als Bedrohung, als Feind oder zumindest als Störung angesehen und die Luun versucht, diese zu umgehen.

Darin ist die Luun aber ausgezeichnet, denn sie beherrscht es exzellent, Wachen zu umgehen oder sich langsam an Wachen vorbei zu schleichen. Die Luun lernt im Training auch Geduld und Warten, bis zufällig eine Tür oder ein Fenster geöffnet wird, um dann die Gelegenheit am Schopf zu packen und fast unsichtbar zu infiltrieren.

Zukunftsausblicke

Die Zukunft der Luun sieht auf den ersten Blick katastrophal aus, jedoch auf den zweiten Blick eher blendend. Das Anwachsen der Erdbevölkerung auf bald zehn Milliarden Menschen mit unerfüllbaren Ernährungsansprüchen, die unaufhaltsamen Klimaveränderungen, das schleichende Artenaussterben sowie die ständige Vergiftung von Luft, Wasser und Boden sind auch für die Luun kaum kompensierbare Herausforderungen, die auf die Schnelle mittels RNA-Editing wohl nicht lösbar sein werden. Vermutlich werden nur wenige Luun-Exemplare in den entlegensten Regionen unerkannt überleben können und abwartend auf die weitere Entwicklung oder das Aussterben des Menschen achten.

Aber aus der Sicht der Luun ist der Mensch nur eine Spezies der vorübergehenden Erscheinung, zwar mehrere hunderttausend Jahre bereits aktiv, aber erst in den letzten Jahrtausenden existenzbedrohend für die Natur des Planeten, für sich selbst und vielleicht auch für die Luun. Langfristig stellt die Menschheit für die Luun aber keine grundlegende Bedrohung dar, denn die Anpassungsfähigkeit des Menschen ist verschwindend gering gegenüber der unglaublichen Flexibilität dieses zauberhaften Wesens, das sich bereits durch mehrere hundert Millionen Jahre Erdgeschichte hindurch schwindeln konnte ohne auszusterben, trotz gigantischer planetarer Katastrophen und Veränderungen.

Philosophisch betrachtet ist die Luun ein Wunschwesen, im Gegensatz zum Menschen, denn der Mensch ist eher ein Machtwesen. Von Geburt an ist der einzelne Mensch ständig mit Mächten beschäftigt, mit dem Machen beschäftigt oder mit der Suche nach der Machbarkeit beschäftigt.

Die Luun hingegen lebt von Geburt bis zum Tode nur in Wunschvorstellungen, sie ist nicht mit einem Irgendetwas *beschäftigt*, sondern sie *wünscht* in jeder Sekunde ihres Daseins ein Irgendetwas, sie spürt ein ständiges Wollen, empfindet unbeschreibliches Lebensglück, wenn ihre Wünsche in Erfüllung gehen und sie hat dieses Sehnen nach Wunscherfüllung als Standardgemütszustand. Denn die Luun weiß, der Wunsch geht irgendwie zumeist in Erfüllung, früher oder später. Das liegt wohl an den Ansprüchen der Luun, die im Vergleich zum Menschen gänzlich

andersartig sind und von uns Menschen abwertend als banal oder gering-
wertig betrachtet werden könnten.

Denn die Luun liebt die Bäume, was uns Menschen aber zuerst einmal
total egal sein könnte. Die Luun liebt aber auch die Bodenpilze im Wald.
Aus der Sicht der 'Luun-Religion' betrachtet sich die Luun als Bestandteil
eines Wesens, das in drei Formen vorkommen kann, Baum, Pilz und
Luun! Die Luun sieht sich in einer Dreifaltigkeits-Symbiose zwischen
Bäumen, Bodenpilzen und Luun. Auf den Bäumen wachsen und leben die
Luun, die im Tode dann zu Bodenpilzen werden, welche in Symbiose mit
den Bäumen leben und diese Bäume schließlich wiederum die jungen
Luun mit den ersten Insekten auf den Bäumen versorgen und ein gutes
Zuhause anbieten. Eine total fremdartige Betrachtungsweise.

Der Sinn des Lebens besteht für den Menschen philosophisch
betrachtet in einem Irgendetwas, die Luun hingegen kennt diese Begriff-
lichkeit *Sinn* ja schon gar nicht. Hier sprengt es schon die Geister, die der
Mensch beim Machen und Nachdenken über die Luun bekommen kann,
zu etwas Absurden, Gespenstigen, Morbiden.

Die Luun sucht nach keinem Sinn der Existenz, denn sie hat nach
Jahrmillionen ihres Daseins jegliche sinnhafte Vorstellung darüber
verloren. Das Sein der Luun ist unveränderbar, wird weder in Frage
gestellt noch als zeitlich befristet und gefährdet gesehen. Aus der Sicht der
Luun hat die Existenz ihres Daseins keinerlei Diskussionswert, denn sie
fühlt sich in dieser Hinsicht als biologische Art unsterblich. Das mag wohl
auch daran liegen, dass die Luun kein Geschichtswissen hat, denn sie
kann ja kein Wissen für ihre Nachkommen dokumentieren und trans-
ferieren.

Die Luun ist frei. Sie kennt keine Eingrenzungen. Sie kennt auch keine
Konkurrenz. Ihre Einzigartigkeit und ihr Wunschdenken verleitet sie zu
einem total optimistischen Daseinsverhalten, was uns völlig fremdartig
erscheint.

Aber woher wissen wir das?

Im Gegensatz zu den Russen und der Überläuferin Svetlana
Konowalowa haben kanadische Forscherinnen und Forscher unter der
Leitung von Dr. Heather Hawboldt von der Dalhousie University in
Halifax schon vor Jahren erste Erfolge bei den Kommunikationsversuchen
gehabt.

Liegt es am politischen System, weil in einer Diktatur, einer Oligarchie mit Gewalt, Einschüchterung, Korruption und versteckter Kleptokratie Geheimdienstsoldatinnen und -soldaten in unförmigen Schutzanzügen mit diesen zauberhaften Geschöpfen anders umgehen als kanadische Forscher und Forscherinnen? Oder liegt es an den leicht durchschaubaren Trainings- und Abrichtungskonzepten der Russen? Weiß die Luun, zu was sie da trainiert wird? Erkennt sie den Missbrauch zum Tötungsinstrument und verhält sie sich deswegen in der Kommunikation inaktiv?

Jedenfalls gab es schon tiefgreifende Dialoge zwischen den Luun und den kanadischen Forscherteams. Unterstützt von Wissenschaftlern aus den verschiedensten Fachrichtungen gingen die kanadischen Teams wohl behutsamer und unaufdringlicher als die Russen vor. Zwar sind weiterhin die Pfeif- und Knackgeräusche der Luun auch für die Kanadier nicht entschlüsselbar. Aber mit den Dialogtechniken aus der Menschenaffenforschung gelang es Dr. Heather Hawboldt in kurzer Zeit, eine Art Bildsprache zu entwickeln, mit der die Luun ausgezeichnet mit uns Menschen kommunizieren kann.

Am Anfang ist das noch wie im Kindergarten: *Das ist ein Apfel. Ich will Ei essen. Heute Regen, morgen Sonnenschein.* Aber mit der Zeit werden die Dialoge komplexer, mittels spezieller zeichnerischer Symbole werden transzendente Begriffe wie Hunger, Wunsch, Glück, Angst, Tod und so fort gemeinsam definiert und ausgestaltet. Dadurch können schon fast philosophische Dialoge abgewickelt werden. Die Luun ist ungemein wissbegierig und stellt manchmal verblüffende Fragen. *Wozu brauchen die Menschen Schulen? Warum töten manche Menschen die Luun und andere nicht? Wieso haben die Menschen so verschiedene Religionen, obwohl es doch nur einen Gott gibt? Warum kann sich Gott besser tarnen als die Luun, denn er ist schließlich auch unsichtbar?*

Die größten Hindernisse im Dialog mit der Luun sind die stark ausgeprägten religiösen Ansichten der einzelnen Menschen sowie das Fehlen eines globalen Bewusstseins beim Menschen. Auch kanadische Wissenschaftler und Forscherinnen haben vor allem mit den öden Problemen des Alltags zu tun, mit Forschungsbürokratie, mit Regierungen, die sich nur oberflächlich für globale Themen interessieren und mehr mit ihrer Wiederwahl beschäftigt sind.

Deshalb wurden von Dr. Heather Hawboldt ausgesuchte Spezialisten zu den Experimenten hinzugezogen, die es eigentlich noch gar nicht so richtig geben kann. Spezialistinnen für extraterrestrische biologische Entitäten, Psychologen für Xenophobie, Astrobiologinnen, aber auch Delfintrainer, eine königlich-bayerische Rabenforscherin und erstaunlicherweise einen Berliner Psychiater für Drogensucht.

Heraus kamen dann Dialoge mit der Luun, die es in sich haben, aber derzeit leider noch nicht veröffentlicht werden dürfen, denn es sprengt jegliche Vorstellungskraft. Das Arbeiten und Kommunizieren mit der Luun ist ja vergleichbar wie mit intelligenten Außerirdischen. Aber sie sind ja keine grünen Männchen, die da aus UFO's heraussteigen. Sie sind ganz normale Erdbewohner wie wir und begreifen langsam unsere überkommenen römischen oder germanischen Rechtssysteme und die damit verbundenen Chancen, die sich hierbei für die Luun auftun. Wir Menschen müssen uns da juristisch langfristig auf einiges wohl gefasst machen. Soziobiologisch werden wir bald in einer anderen, globalen Welt leben, wie wir sie uns nie vorstellen hätten mögen wollen. Und dabei werden wir Menschen eben nicht mehr das Alleinstellungsmerkmal haben.

Die durch die derzeitigen Menschen-Flüchtlingsströme entstandenen pseudopolitischen Fake-Parteien in Europa werden dann wie ein gauländischer Fliegenschiss im Nebel der Menschheitsgeschichte verblassen, wenn die Luun anfängt, mit uns zusammen leben zu wollen. Die Menschheit hat eine starke Xenophobie und kann sich ja schon untereinander kaum riechen. Wenn dann da so exotische Wesen, die noch dazu fast unsichtbar sind, in Politik, Umweltschutz, Recht und Kultur mitreden wollen und auf ihre Luunrechte gleichwertig zu den Menschenrechten pochen werden, muss es zwangsläufig zu Gewaltakten kommen, auf beiden Seiten. Diese Auseinandersetzung könnte aber langfristig eher die Luun gewinnen, denn sie ist ja giftig, so gut wie unsichtbar und so intelligent wie wir, auch wenn sie keine so tödlichen technischen Kriegsspielzeuge baut und benutzt wie wir.

Deshalb abschließend ein Aufruf an alle Leserinnen und Leser. Leben Sie vorerst besser in Koexistenz mit der Luun. Vermeiden Sie auch Gewaltakte gegen flimmernde Luftschichten, egal ob in der Wohnung oder im Wald. Verursachen Sie ständigen Lärm, halten Sie sich durch durchgängig laufende Radio- oder Fernsehsendungen in der Wohnung oder auf dem Handy die Luun vom Leib. Wenn Sie sich in der stillen Natur bewegen, schalten Sie ihr Handy ein und kommunizieren sie lautstark mit ihren Mitmenschen oder lassen Sie laut Musik erklingen. Und misstrauen sie jedem Schreiben einer Rechtsanwaltskanzlei, die angeblich im Auftrag einer Luun irgendwelche Rechte oder Abmahnungen durchsetzen will. Denn unsere Gesetze gelten nur für Menschen, egal welche Hautfarbe, welche Herkunft, welche geschlechtliche Orientierung und welche politische Einstellung sie auch haben mögen.

Ein katholischer Pfarrer, an der Münchner Isar wirkend, hatte, angesprochen auf die Geheimnisse der Luun, einen wunderschönen Kommentar abgegeben:

„Die Luun hat nur vom Baum des ewigen Lebens gegessen. Der Mensch aber hat vom Baum der Erkenntnis gegessen."

Beide Baumarten gab es ja laut der Bibel im Paradies! Anscheinend wurden von Gott vermutlich dann aber beide Wesensarten aus dem Paradies vertrieben. Immerhin ein gewisser Trost für Religionsgläubige, denn die Luun muss damals wohl auch ein göttliches Gesetz im Paradies gebrochen haben und konnte deshalb von Gott ebenfalls verstoßen werden.

Für alle nichtgläubigen Menschen aber gilt:

„Unser Kampf ist noch nicht verloren, aber er hat bereits begonnen! Macht überall ständig Lärm!"

Literaturverzeichnis:

Gaius Plinius Secundus Maior (Plinius der Ältere): naturalis historia. Rom 77 n. Chr.

Bischof Pilgrim von Passau (971-991): Das Nibelungenlied. Haupt handschrift D

Domscholaster Adam von Bremen (1050-1085): Gesta Hamma burgensis ecclesiae pontificum (*Geschichte des Erzbistums Hamburg*), 4. Teil Descriptio insularum aquilonis (*Geographie des nördlichen Europa*)

Charles Perrault: Histoires ou Contes du temps passé, avec des moralités. Paris 1695

Charles Perrault: Contes de ma Mère l'Oye. Paris 1697

René-Antoine Ferchault de Réaumur: Observations sur la végétation du nostoch. Paris 1722

Georges Léopold Chrétien Frédéric Dagobert, Baron de Cuvier: Mémoires pour servir a l'histoire et a l'anatomie des mollusques. Deterville, Paris 1817

Harold Morrison: The German Luun. Houlbrinck Publish Society, New York 1951

Dr. Christina von Gailer-Schluttenberg: Zauberhafte Waldgeschöpfe. Verlag des Geistes, Dresden 1994

Prof. Dr. Ludowig Kramer: Die Wald-Luun. Aufsatz im Waldschrat, S. 29-32, Forstbildverlag Niederbayern, 2008

Prof. Dr. Dominique Guérot: Fantômes de conte de fées. Editions Lyonnaises d'Art et d'Histoire, Lyon 2009

Prof. Dr. Julia Carosch: Narrative Expositionstherapie und psycho-somatische Prävention bei Posttraumatischen Belastungsstörungen durch Tiertraining. Sonnemann-Verlag, Bremen 2013

Dr. Heather Hawboldt: Communication in the Kasekela chimpanzee community of Gombe-Stream-Nationalpark in Tanzania. University of Dar es Salaam, Uni Quicklive, page 21-26, 2014

Vom Autor sind bereits folgende Bücher im Verlag tredition erschienen:

Die Ärztin der Dritten Linie
ein RAF-Roman

Adinyphe
Texte und Gedichte einer Hexe

Überleben oder Zufall
*private Katastrophenvorsorge für ein Leben
ohne Strom, Wasser und Geldautomaten*

Die Dorje Tshomo Chime Tradition
romanhafte Biografie

Suwałki Gap
Kriminalroman mit einer Zielfahnderin

www.tredition.de

Über tredition

Der tredition Verlag wurde 2006 in Hamburg gegründet. Seitdem hat tredition Hunderte von Büchern veröffentlicht. Autoren können in wenigen leichten Schritten print-Books, e-Books und audio-Books publizieren. Der Verlag hat das Ziel, die beste und fairste Veröffentlichungsmöglichkeit für Autoren zu bieten.

tredition wurde mit der Erkenntnis gegründet, dass nur etwa jedes 200. bei Verlagen eingereichte Manuskript veröffentlicht wird. Dabei hat jedes Buch seinen Markt, also seine Leser. tredition sorgt dafür, dass für jedes Buch die Leserschaft auch erreicht wird.

Autoren können das einzigartige Literatur-Netzwerk von tredition nutzen. Hier bieten zahlreiche Literatur-Partner (das sind Lektoren, Übersetzer, Hörbuchsprecher und Illustratoren) ihre Dienstleistung an, um Manuskripte zu verbessern oder die Vielfalt zu erhöhen. Autoren vereinbaren unabhängig von tredition mit Literatur-Partnern die Konditionen ihrer Zusammenarbeit und können gemeinsam am Erfolg des Buches partizipieren.

Das gesamte Verlagsprogramm von tredition ist bei allen stationären Buchhandlungen und Online-Buchhändlern wie z. B. Amazon erhältlich. e-Books stehen bei den führenden Online-Portalen (z. B. iBookstore von Apple) zum Verkauf.

www.tredition.de

Seit 2009 bietet tredition sein Verlagskonzept auch als sogenanntes "White-Label" an. Das bedeutet, dass andere Personen oder Institutionen risikofrei und unkompliziert selbst zum Herausgeber von Büchern und Buchreihen unter eigener Marke werden können.

Mittlerweile zählen zahlreiche renommierte Unternehmen, Zeitschriften-, Zeitungs- und Buchverlage, Universitäten, Forschungseinrichtungen, Unternehmensberatungen zu den Kunden von tredition. Unter www.tredition-corporate.de bietet tredition vielfältige weitere Verlagsleistungen speziell für Geschäftskunden an.

tredition wurde mit mehreren Innovationspreisen ausgezeichnet, u. a. Webfuture Award und Innovationspreis der Buch-Digitale.